闇市

BLACK MARKET

物資にいちいち価格がつけられ、違反すると処罰された。だから、マルコウ以外の商品は明るい太陽の下に出ることはできず、その売買はヤミになった。ヤミの商品を売り買いする市場がすなわちヤミ市である。ここには、食料品、衣類、雑貨、その他、販売が禁止されているものなら、なんでも並んでいた。一九四七年夏に飲食店がすべて禁止されてからは、逆に呑み屋と食べ物屋がその中心になった。はじめのうちは、駅の前にできた焼け跡や疎開後の空き地で、青天井の露店市だったが、翌年になると土地の上に平屋の長屋をつくってマーケットと呼び、敗戦後の一時期、露店とともに、東京の盛り場をつくりだした。これがヤミ市である。（松平誠『ヤミ市　幻のガイドブック』（ちくま新書、一九九五年）

松平は、闇市は何も終戦後に限った現象ではなかったということも指摘している。戦中にも闇市があり、とくに具体的な場所をもつ市場ではない闇経済（つまり、統制物資が闇で売買される流通制度）を含めて考えると、戦中にも闇物資が意外なほど広く流通していたのである。それでも、やはり闇市の全盛時代は終戦直後、特に一九四六年から四七年だったといえる。

当時の闇市は場所によって規模や構造も、売買される主要な商品もかなり異なっていた。たとえば、米軍基地が隣接する町では、通常の食料や衣類などに加え、米軍の払い下げ品や闇物資（缶詰、タバコなど）が多く売買されたようである。また、同じ食料を扱う店でも、その土地の闇屋が仕入れに行く農業地帯や漁港によって異なる産物が店先に並んだ。

食料難の時代だっただけに、飲食店では怪しげな代用食品や酒類もよく扱われた。原材料不明の、わけのわからない粉でできた麺やすいとんやお汁粉が売られ、「カストリ（粕取）」や、「バクダン」といった酒がよく飲まれた。バクダンは燃料用アルコールのメタノール（メチルアルコール）を薄めた危険なシロモノだったし、カストリは穀類や芋を原料にした密造の焼酎だが、これにもしばしばメチルアルコールが混入されていた。こうした粗悪な酒を飲み続けて目を潰した者、命を落とした者もいたという。

露店であれ飲み屋であれ、多くの店に共通している点は、素人が商売を切り盛りしていたことである。「店」とは名ばかりで、ゴザ一枚を地面に敷いてみすぼらしい品を売って、何とか食いつなごうとする人や、屋台またはバラックのような極小の簡易営業で商いを始める人も多く、終戦直後から新宿駅など主要な駅周辺で長屋形式の「マーケット」が形成されていった。同時代の新聞や雑誌、そして本書に収録されているような文学作品では、「闇市」という言葉を使わずに「マーケット」や「市場」「露店」あるいはカタカナで「ヤミ市」と記すこともめずらしくなく、ほぼ同義語として使われていた。

一九四九年にはＧＨＱ（連合国軍総司令部）の指示により（新聞売りや靴磨きなどの例外を除き）すべての露店を撤去することになった。この指示は一九五一年末までに、かなり徹底的に実施されていたようである。

とりわけ終戦直後、闇物資なしでは生きていけなかったということは、老若男女を問わず、誰もが何らかの形で闇市に頼っていたということでもある。作家たちももちろん例外ではなく、終戦直後が舞台となる作品には、闇市の風景が描かれていることが少なくない。本書の作品群においても、さまざまなタイプの「闇屋」をはじめ、性別も年齢も社会階層も実に様々な人物が現れる——朝鮮人と中国人、日本の警察官と占領軍の憲兵隊、律儀な会社員と堕落した小説家、パンパン（街娼）と男娼、男に騙される娘や駆け落ちする娘。いろいろな夫人と未亡人、優秀な女学生と不登校の少年、いびる姑と復讐する嫁……。要するに、闇市を描いた本書の作品群はある種の窓のようなもので、その向こう側にある当時の日本社会を、様々な角度から光で照らして見せてくれるのである。

さて、作品を選考するに当たり、まず戦後文学や戦後史、あるいは闇市そのものに興味をもつ読者を想定した。さらに、日本文学の研究者のみならず、戦後および占領期を研究対象とする歴史学者や、闇市を中心に調べている社会科学系の研究者など、多様な専門分野の研究者にとっても刺激的な構成になるように工夫した。本書を手にとるすべての方に未知の作品との出会いがあるよう、あまり読まれていないと予想される作品を厳選したのである。したがって、石川淳の「焼跡のイエス」など、闇市が登場する著名な作品はあえて本書に入れなかった。

また、巻末の「解説」では作品や著者に対する私見を述べつつ、〈闇市〉に対する試論（私論）を提示した。そのため通常の「解説」に比べてかなり長くなったが、ご理解いただきたい。

さらに、次のような基準を設けた。

一、文学作品として読み甲斐があること（いうまでもなく、これはあくまでも編者の主観的な判断であり、いわば「文学的な価値」よりも闇市に対して欠かせない視点を提示しているゆえに選んだ作品も多少含まれる）。

二、闇市の社会的な意義を考察するのに好材料であること。

三、東京のみならず関西や地方都市の闇市が登場する作品も含まれること。

四、女性作家や在日朝鮮人作家の作品も含まれること。

五、作中に闇市そのものに対する描写の分量が少なくても、物語において重要であること。

六、同じ作家で、闇市関連の短編小説が複数あり、しかも質に大差ないと思われたら、知名度の低いほうが優先。

七、入手しやすい文庫本などに収録されている作品より、著者の全集や初出の文学雑誌にしか入っていないほうが優先。

八、物語の内容や設定が本書のほかの作品とはさほど重複しないこと。

＊

最後に、本書を世に出してくれた皓星社について一言付け加えたい。皓星社とはごく小さな出版社でありながら、二つの異なる顔をもっている。中心となる出版事業では、『ハンセン病文学全集』（全十巻）をはじめとするユニークな分野の書籍を三十余年にわたり刊行しつづけている。そうした本づくりの一方で、文献検索のための雑誌記事索引集成データベース「ざっさくプラス」を作成し、国内外の大学図書館および公共図書館に提供している（じつは、本書の編集にもこのデータベースがひと役買っている）。社名は聞いた覚えがなくても、日本の近現代史および明治以降の文学研究などに携わる者ならば、すでに皓星社と縁がある可能性が高いだろう。

さらに現在、若い編集者を加えてより幅広い分野の出版を目指しており、この『シリーズ 紙礫』も通常のアンソロジーとは一線を画すことになろう。「小さくとも、一石を投じる本を」という気概をこめて命名されたこのシリーズでは、各巻の編者がテーマと関連する作品を選ぶ形式になっている。第一巻（そして第二巻）を私に任せていただいたことを光栄に思う。

私自身は研究者として日本の戦後文学から出発した。日本本土および沖縄の文学作品において、アメリカ占領時代がどのように表象され、記憶されたかということが最初の研究課題だった。当然ながら、そのような作品のなかにも闇市が登場することはしばしばある。近年の私は貪欲に屈して次々と違う分野に手を伸ばし、十年以上も文学研究から離れていたのだが、この度、本書の作業にかかったおかげで久々に「文学回帰」し始めた気がする。それだけでもありがたい。

本書は企画の段階から刊行まで、皓星社の編集者である晴山生菜氏にずいぶんお世話になり、お礼を申し上げたい。また、長年の友人兼「呑み友」でもある藤巻修一社長とはようやく一緒に仕事する機会を得ることができ、嬉しく思っている。

マイク・モラスキー

目次

はじめに

経済流通システム

貨幣　太宰治　12
軍事法廷　耕治人　21
裸の捕虜　鄭承博　50

新時代の象徴

桜の下にて　平林たい子　114
にぎり飯　永井荷風　129
日月様　坂口安吾　143
浣腸とマリア　野坂昭如　163

解放区

訪問客　織田作之助　190
蜆　梅崎春生　213
野ざらし　石川淳　235
蝶々　中里恒子　267

解説　マイク・モラスキー　287

著者紹介
初出一覧

経済流通システム

貨幣

太宰 治

異国語に於ては、名詞にそれぞれ男女の性別あり。然して、貨幣を女性名詞とす。

私は、七七八五一号の百円紙幣です。あなたの財布の中の百円紙幣をちょっと調べてみて下さいまし。或いは私はその中に、はいっているのかも知れません。もう私は、くたくたに疲れて、自分がいま誰の懐の中にいるのやら、或いは屑籠の中にでもほうり込まれているのやら、さっぱり見当も附かなくなりました。ちかいうちには、モダンな型の紙幣が出て、私たち旧式の紙幣は皆焼かれてしまうのだとかいう噂も聞きましたが、もうこんな、生きているのだか、死んでいるのだか、わからないような気持でいるよりは、いっそさっぱり焼かれてしまって昇天しとうございます。焼かれた後で、天国へ行くか地獄へ行くか、それは神様まかせだけれども、ひょっとしたら、私は地獄へ落ちるかも知れないわ。

生れた時には、今みたいに、こんな賤しいていたらくではなかったのです。後になったらもう二百円紙幣やら千円紙幣やら、私よりも有難がられる紙幣がたくさん出て来ましたけれども、私の生れた頃には、百円紙幣が、お金の女王で、はじめて私が東京の大銀行の窓口から或る人の手に渡された時には、その人の手は少し震えていました。あら、本当ですわよ。その人は、若い大工さんでした。その人は、腹掛けのどんぶりに、私を折り畳まずにそのままそっといれて、おなかが痛いみたいに左の手のひらを腹掛けに軽く押し当て道を歩く時にも、電車に乗っている時にも、つまり銀行から家帰りつくまで、左の手のひらでどんぶりをおさえきりにおさえていました。そうして家へ帰ると、その人はさっそく私を神棚にあげて拝みました。私の人生への門出は、このように幸福でした。私はその大工さんのお宅にいつまでもいたいと思ったのです。けれども私は、その大工さんのお宅には、一晩しかいる事が出来ませんでした。その夜は大工さんはたいへん御機嫌がよろしくて、晩酌などやらかして、そうして若い小柄なおかみさんに向い、「馬鹿にしちゃいけねえ。おれにだって、男の働きというものがある。」などといって威張り時々立ち上って私を神棚からおろして、両手でいただくような恰好で拝んで見せて、若いおかみさんを笑わせていましたが、そのうちに夫婦の間に喧嘩が起り、とうとう私は四つに畳まれておかみさんの小さい財布の中にいれられてしまいました。そうしてその翌る朝、おかみさんに質屋に連れて行かれて、おかみさんの着物十枚とかえられ、私は質屋の冷たくしめっぽい金庫の中にいれられました。妙に底冷えがして、おなかが痛くて困っていたら、私はまた外に出されて日の目を見る事が出来ました。こんどは私は、医学生の顕微鏡一つとかえられたのでした。私はその医学生に連れられて、ずいぶん遠くへ旅行しました。そうしてとうとう、瀬戸内海の或る小さい島の旅館で、私はその医学生に捨てられました。それから一箇月近く私はその旅館の、帳場の小箪笥の引出しにいれられていましたが、何だかその医学生は、私を捨てて旅館を出てから間もなく瀬戸内海に身を投じて死んだという、女中たちの取沙汰をちらと小耳にはさみました。「ひとりで死ぬなんて阿呆《あほう》らしい。あんな綺麗な男となら、わたしはいつでも一緒に死んであげるのにさ。」とでっぷり太った四十くらいの、吹出物だらけの女中がいって、皆を笑わせていました。それから私は五年間四国、九州と渡り歩き、めっきり老け込んでしまいました。そうして次第に私は軽んぜられ、六年振りでまた東京へ舞い戻った時には、あまり変り果てた自分の身のなりゆきに、つい自己嫌悪しちゃいましたわ。東京へ帰って来てからは私はただもう闇屋の使い走りを勤める女になってしまったのですもの。五、六年東京から離れているうちに私も変りましたけれども、まあ、東京の変りようったら。夜の八時ごろ、ほろ酔いのブローカーに連れられて、東京駅から日本橋、それから京橋へ出て銀座を歩き新橋まで、その間、ただもうまっくらで、深い森の中を歩いているような気持で人ひとり通らないのは勿論、路《みち》を横切る猫の子一匹も見当りませんでした。おそろしい死の街の不吉な形相を呈していました。それからまもなく、れいのドカンドカン、シュウシュウがはじまりましたけれども、あの毎日毎夜の大混乱の中でも、私はやはり休むひまもなくあの人の手から、この人の手と、まるでリレー競走のバトンみたいに目まぐるしく渡り歩き、おかげでこのような皺くちゃの姿になったばかりでなく、いろいろなものの臭気がからだに附いて、もう、恥かしくて、やぶれかぶれになってしまいました。あのころは、もう日本も、やぶれかぶれになっていた時期でしょうね。私がどんな人の手から、どんな人の手に、何の目的で、そうしてどんなむごい会話をもって手渡されていたか、それはもう皆さんも、十二分にご存じの筈で、聞き飽き見飽きていらっしゃることでしょうから、くわしくは申し上げませんが、けだものみたいになっていたのは、軍閥とやらいうものだけではなかったように私には思われました。それはまた日本の人に限ったことでなく、人間性一般の大問題であろうと思いますが、今宵死ぬかも知れぬという事になったら、物慾も、色慾も綺麗に忘れてしまうのではないかしらとも考えられるのに、どうしてなかなかそのようなものでもないらしく、人間は命の袋小路に落ち込むと、笑い合わずに、むさぼりくらい合うものらしゅうございます。この世の中にひとりでも不幸な人のいる限り、自分も幸福にはなれないと思う事こそ、本当の人間らしい感情でしょうに、自分だけ、或いは自分の家だけの束の間の安楽を得るために、隣人を罵り、あざむき、押し倒し、（いいえ、あなただって、いちどはそれをなさいました。無意識でなさって、ご自身それに気がつかないなんてのは、さらに怒るべき事です。恥じて下さい。人間ならば恥じて下さい。恥じるというのは人間だけにある感情ですから。）まるでもう地獄の亡者がつかみ合いの喧嘩をしているような滑稽で悲惨な図ばかり見せつけられてまいりました。けれども、私のこのように下等な使い走りの生活においても、いちどや二度は、ああ、生れて来てよかったと思ったこともないわけではございませんでした。いまはもうこのように疲れ切って、自分がどこにいるのやら、それさえ見当がつかなくなってしまったほど、まるで、もうろくの形ですが、それでもいまもって忘れられぬほのかに楽しい思い出もあるのです。その一つは、私が東京から汽車で、三、四時間で行き着ける或る小都会に闇屋の婆さんに連れられてまいりました時のことですが、ただいまは、それをちょっとお知らせ致しましょう。私はこれまで、いろんな闇屋から闇屋へ渡り歩いて来ましたが、どうも女の闇屋のほうが、男の闇屋よりも私を二倍にも有効に使うようでございました。女の慾というものは、男の慾よりもさらに徹底してあさましく、凄《すさま》じいところがあるようでございます。私をその小都会に連れて行った婆さんも、ただものではないらしく或る男にビールを一本渡してそのかわりに私を受け取り、そうしてこんどは、その小都会に葡萄酒の買出しに来て、ふつう闇値の相場は葡萄酒《ぶどうしゅ》一升五十円とか六十円とかであったらしいのに、婆さんは膝をすすめてひそひそひそひそいって永い事ねばり、時々いやらしく笑ったり何かしてとうとう私一枚で四升を手に入れ重そうな顔もせず背負って帰りましたが、つまり、この闇婆さんの手腕一つでビール一本が葡萄酒四升、少し水を割ってビール瓶につめかえると二十本ちかくにもなるのでしょう、とにかく、女の慾は程度を越えています。それでも、その婆さんは、少しもうれしいような顔をせず、どうもまったくひどい世の中になったものだ、と大真面目で愚痴をいって帰って行きました。私は葡萄酒の闇屋の大きい財布の中にいれられ、うとうと眠りかけたら、すぐにまたひっぱり出されて、こんどは四十ちかい陸軍大尉に手渡されました。この大尉もまた闇屋の仲間のようでした。「ほまれ」という軍人専用の煙草を百本（とその大尉はいっていたのだそうですが、あとで葡萄酒の闇屋が勘定してみましたら八十六本しかなかったそうで、あのインチキ野郎めが、とその葡萄酒の闇屋が大いに憤慨していました）とにかく、百本在中という紙包とかえられて、私はその大尉のズボンのポケットに無雑作にねじ込まれ、その夜、まちはずれの薄汚い小料理屋の二階へお供をするという事になりました。大尉はひどい酒飲みでした。葡萄酒のブランデーとかいう珍らしい飲物をチビチビやって、そうして酒癖もよくないようで、お酌の女をずいぶんしつこく罵るのでした。

「お前の顔は、どう見たって狐以外のものではないんだ。（狐をケツネと発音するのです。どこの方言かしら）よく覚えて置くがええぞ。ケツネのつらは、口がとがって髭がある。あの髭は右が三本、左が四本。ケツネの屁というものは、たまらねえ。そこらいちめん黄色い煙がもうもうとあがってな、犬はそれを嗅ぐとくるくるくるっとまわって、ぽたりとたおれる。いや、嘘でねえ。お前の顔は黄色いな。妙に黄色い。われとわが屁で黄色く染まったに違いない。や、臭い。さては、お前、やったな。いや、やらかした。どだいお前は失敬じゃないか。いやしくも帝国軍人の鼻先きで、屁をたれるとは非常識きわまるじゃないか。おれはこれでも神経質なんだ。鼻先きでケツネの屁などやらかされて、とても平気では居られねえ。」などそれは下劣な事ばかり、大まじめでいって罵り、階下で赤子の泣き声がしたら耳ざとくそれを聞きとがめて、「うるさい餓鬼だ、興がさめる。おれは神経質なん客を救おうとして、渾身の力で大尉を引き起し、わきにかかえてよろめきながら田圃のほうに避難します。避難した直後にはもう、神社の境内は火の海になっていました。

麦を刈り取ったばかりの畑に、その酔いどれの大尉をひきずり込み、小高い土手の陰に寝かせ、お酌の女自身もその傍にくたりと坐り込んで荒い息を吐いていました。大尉は、既にぐうぐう高鼾《たかいびき》です。

その夜は、その小都会の隅から隅まで焼けました。夜明けちかく、大尉は眼をさまし、起き上って、なお燃えつづけている大火事をぼんやり眺め、ふと、自分の傍でこくりこくり居眠りをしているお酌の女のひとに気づき、なぜだかひどく狼狽の気味で立ち上り、逃げるように五、六歩あるきかけて、また引返し、上衣の内ポケットから私の仲間の百円紙幣を五枚取り出し、それからズボンのポケットから私を引き出して六枚重ねて二つに折り、それを赤ちゃんの一ばん下の肌着のその下の地肌の背中に押し込んで、荒々しく走って逃げて行きました。私が自身に幸福を感じたのは、この時でございました。貨幣がこのような役目ばかりに使われるんだったらまあ、どんなに私たちは幸福だろうと思いました。赤ちゃんの背中は、かさかさ乾いて、そうして痩せていました。けれども私は仲間の紙幣にいいました。

「こんないいところは他にないわ。あたしたちは仕合せだわ。いつまでもここにいて、この赤ちゃんの背中をあたため、ふとらせてあげたいわ。」

仲間はみんな一様に黙って首肯《うなず》きました。

軍事法廷

耕 治人

一

生田ビルを出たところで、大泉は警官によびとめられた。

「ちょっとおたずねしたいことがあるんですが」

大泉はぎくっとした。いま会ってきた福本が、訴えたのではないか。いくら小心な福本でも自分が引張られたら、福本も同じドルの不法所持で引張られることはわかっているだろう。大泉は瞬間福本の蒼くむくんだような顔を浮べ、

「なんか用ですか。」

とゆっくり云った。

「ここではなんですから、警視庁までお出でねがいたいんですが。」

若い警官はいやにていねいだ。たえず微笑を浮べている。大泉の頭は矢のような速さで働く。ドルを持っていなくてよかった。持っていたところで、警視庁にゆくまでなんとか始末出来る。大泉の懐には何枚かの日本紙幣と、福本の借用証が入っているぐらいだ。一月ばかり前偽C・I・Dに八千ドル強奪された。大泉は口惜しかった。訴えてやろうかと思ったが、逮捕されることを覚悟しなければならなかった。前と違って女房子供がある。肩幅の広い、がっちりした大泉は、覆いかぶさるように警官の前に立っていた。万一の場合突きとばして、逃げるつもりだ。鼈甲縁の眼鏡の奥から、あたりへ稲妻のような視線を走らせた。その視線とは反対に、笑いを浮べた大泉は、

「警視庁に連れてゆかれるようなことはしていないからね。どんな用かしらないが、ここで承りましょう。」

警官は困ったようにこれも笑った。わきを通る人のなかには振返ってゆくものもある。自動車が警笛をならして、引っきりなしに通る。

「手間はとらせませんから、ちょっと来て貰いたいんですがねえ。」

相談を持ちかけるような警官の言葉に、大泉は心配することはないかもしれないと考える。二三年前まで新橋、銀座界隈を根城に煙草薬品食糧などの大掛りな闇をやった。物資が出廻って儲けがすくなくなったので、横浜に住いを移した。当局の目を逃れるためでもあれば、ドル買いをはじめたからでもある。以前のことで調べるのだろうか。大泉の顔は売れていたから、知っている警官もいるはず

だった。大泉は戦争中Sという大臣の私設秘書をやったことがある。警察の機構も内務省も終戦と共に変ったが顔見知りの役人があっちこっちに残っていた。万一の場合それを当てにした。それ程当てになる彼等でないことを知っていながら、気持の何処かで当てにしていた。大泉には、「おれをつかまえるならつかまえてみろ」という腹がある。繰返しいう警官がうるさくなってきた。「君が理由をいわん以上警視庁だろうと何処であろうと行く必要はない。君は逮捕状を持っているのか。ぼくを連れてゆくなら、ちゃんと手続きをふんでもらおう。ぼくは忙しいんだ。どうしても外せない用があるんだ。」

それはその通りだった。八千ドル（日本円で三百万円）奪われたのがケチのつきはじめで、それからやることがみな手違いを生じた。ここ二週間ばかり以前の仲間に連絡つけるため血眼になっていた。そのため出たくもない東京へ横浜から通っていた。いまもこれから有楽町のレストラン「ライラック」へ行くところだ。

居直った形の大泉に、警官はこじらせてはまずいと思ったらしい。

「あんたは偽のC・I・Dからドルを騙し取られたことがあるでしょう。その偽がつかまってね。そのことであんたに尋ねたいことがあるそうです。」

やっぱりそうだったのか、大泉は振返って、いま出てきた生田ビルの方をみた。二階建や三階のビルが並んでいる。その間に生田ビルはおさまっていた。窓から、福本がこっちをのぞいているような気がする。福本の奴金を払えないから、訴えたに違いない。三百万円騙し取られたのは福本が間抜けだったからだ。福本が関というドル買いを、大泉に紹介した。関が指定した待合へ、大泉は福本と行った。そこへふって湧いたようにC・I・Dがあらわれた。真昼間のことであり、偽者と思えなかった。大泉と福本は二人のC・I・Dに引立てられて待合を出た。C・I・Dの本部へ連れてゆくというのだ。途中で偽物たちは八千ドル持ってずらかってしまった。関はとうとう姿をみせなかった。大泉は福本をとっちめてみて、彼も関から騙されたことを知った。大泉は、福本を引張って、練馬の彼の家まで行った。出てきた細君の前で、福本は大声をあげて泣き出した。どうしてそんなことをしてくれたのかとかきくどく細君に、子供たちへ正月の晴着の一枚も買ってやりたかったからだと云った。凄い眼で、福本と細君を見据えていた大泉の眼が不覚にも潤んできた。大泉はせめて三百万の三分の一位福本に弁償させようと考えていたのだ。現金二十五万円、あと毎月一万円ずつ向う五ケ年払うということで手を打ったのは、大泉は我ながら不可解な気持だった。それなのに最初に払う一万円をもう五六日待ってくれと福本は云った。金が払えぬので訴えたに違いない。生かしておけぬ奴だ。寸秒の間にそんなことを浮べたが、警官に対する大泉の言葉はとぼけたものだった。

「C・I・Dなんて知らないね。ドルなど持ったこともない。ぼくは横浜のものでね。商用で出てきたんだ。なにかの間違いじゃないかね。」

警官は薄笑いした。

「あんたが横浜にいられることもわかってるんです。このところ毎日のように東京に出てこられますかね。」

寒いものが大泉の背中を走った。大泉は警官から眼をそらし、向う側の舗道へ視線をやった。角に郵便局がある。そこを曲り、少し行くと、国電のガードがある。くぐり、ちょっと行くと帝国ホテルだ。警視庁はそこから十分位だろう。疑い深くなっている大泉は、舗道の向う側から、福本が様子をうかがっている気がする。大泉はSの秘書の前、刑事だったことがある。Sが大臣になった時同郷の関係からSに望まれて私設秘書になったのだ。前歴からこんな場合図太く構えたがよいことを知っている。

あくまで知らぬと云い張る大泉に、警官は手をやいたらしい。

「あんたのほかにも騙されたのがあってね。その人が訴えてつかまったんですよ。にせ者があんたを騙したことを白状したから、築地の待合を調べて、あんたのことがわかったんです。」

大泉はそこまで云う警官に同行しようか——ふとそう思い、おれはこの頃どうかしてると苦笑した。なにを調べるかわからないが、同行したらドル買いをみとめたことになるのだ。

突放すよりない。大泉は築地の待合も知らないし、騙されたこともないと言い張った。関と会う場所が大森とか品川だったら、いくら売り急いでいても騙されるようなことはなかったのだ。食糧や薬品の闇をやっていたころよく築地の待合で遊んだ。関が指定した「いな富」はしらなかったが、一軒

泉だったら、一万位のはした金を自分で取立てに福本の勤先に行きはしない。騙されたドルはきれいさっぱりあきらめる代り、部下に命じて福本を痛い目に会わせたことだろう。「いな富」で大泉は、福本と話しながら、関を待っていた。袖のすり切れた服、小柄な、人の善さそうな顔、前職の経験から福本がドル買いに素人であることがわかった。福本はM拳闘倶楽部の事務員を止めさせられると暮しに困り、ふとしたことで知った関の、手伝いをするようになったのである。関の背後には政界の大物がいるということだった。福本は最初手数料として、五万円関から貰った。ぼろい儲けに福本は有頂天になった。次の売主を探していたとき、銀座でぱったりM倶楽部で知合ったピーター根室に会った。ピーターはいまは拳闘をやめているが、M倶楽部にいたことがあるのだ。福本の話に、ピーターはすぐ大泉を浮べた。大泉から頼まれていたのだ。ピーターはその夜大泉に電話をかけた。それから大泉は新橋で、福本と会うことになった。その時が初対面だったのである。煙草をふかしながら、そんなことを思い出し、

「おれもヤキが廻ったのかなあ。」

とつぶやいた。福本が悪党にみえたら、大泉は警戒したことだろう。一万円をもう五六日待ってくれといったときの福本の、泣き出しそうな顔が浮んだ。

「お待たせしました。」

給仕女がコーヒーを大泉の前においた。

その時女をつれた中年の男が入ってきた。夫婦らしいと大泉は睨み、コーヒーを流し込むと、伝票をもってレジスターのところへゆきながら、給仕頭に、

「ちょっと用足してくる。秋山がみえたら待ってるようにいってくれ。」

と云った。給仕頭は頭を下げた。

前から大泉は借りを作らなかった。どんなことが起きるかわからないからだ。酒をのまない大泉は四十分もじっと掛けているのは苦痛だった。京橋に「モンブラン」というバアがあって、そこも前に仲間が集った。そこへ行ってみようと思ったのだ。もしかしたら秋山はそっちに来ているかもしれない。秋山の住いは三軒茶屋ということだった。彼等には互いにある程度以上めいめいの暮しに立入らせぬところがあった。危険から身を護るためだ。いつ仲間から裏切られるかわからないからでもある。大泉も横浜の家は、限られた人以外教えていない。秋山にも用があったら、「ライラック」で会うことにしている。さっきの警官も彼を呼止める前「ライラック」をのぞいたかもしれない。彼等がそこを溜りにしていたことは警察では知っているに違いないのだ。このごろ彼は昼頃横浜の家を出、新橋駅でおりて、「ライラック」まで歩くことにしていた。

「さっきのお巡りにも用があったら、ライラックに来いといってやりゃあよかった。」

大泉はそんなことを浮べるだけの、余裕が出てきた。

菊正ビルの前を曲った大泉は、路地に入った。Y新聞社の建物が左手にみえる奥行の深い料理屋が

ある。何処にも正月気分はない。やがて二月になるのだから当り前だが、いままでドルを売らずに持っていたら、騙されることはなかったのだと思うのだ。去年のクリスマス前ひょっこり八千ドル売りにきた。それまで手許に集ったドルは、それぞれの方面と取引きをすませていた。横浜で捌くあてのないそのドルをどうして引受けたか、思えばそれが運のつきだったのだ。クリスマスを過ぎれば値が下る。それに松の内は大きな取引きはやらない。大泉はドル買いはやめて、バアをやるつもりだった。五反田に手頃な売り店があった。バアをやるには少しでも資本が多い方がいい。八千ドル引受けたのはそんな気持も手伝ったに違いない。最後の商売のつもりだったのだ。考えれば考える程いまいましい。もし大泉がいつものように金をもっていたら、「警視庁まできてくれ」といわれたのだから、たか子と一昨年生れた珠子をつれて、ほとぼりがさめるまで関西の温泉にでも行くところだ。

そんな金もないが、馬鹿馬鹿しくて話にならないのだ。大泉はどこまでも白らを切るつもりだ。警官に呼止められた時、あわてて福本を疑ったが、気の弱い福本のことだから、訴えたら到底おれと顔を合わせることは出来なかったろう。生田ビルの近くで呼び止められたので、福本と結びつけて考えたのだ——

人込みを歩いているせいか、それとも以前の縄張り（?）を歩いているからか大泉は颯爽《さっそう》としてきた。自動車やトラックで大泉が仲間と物資を運んでいたころとあたりの様子はすっかり変っていた。あの時分の荒《すさ》んだ、刺々《とげとげ》しい空気はない。

表通りに出た大泉は、ゆっくり電車線路を横切った。「モンブラン」は、松屋の裏にあった。褐色の狭い扉をおすと、店のなかをうす赤い電燈が照し出していた。左手のスタンドには客が三四人いた。大泉は右手のボックスへ行った。「モンブラン」はバアと、喫茶をかねているが、界隈では一流だ。客種もいい。「ライラック」もそうだが、上品な店を選んで、大泉たちは溜りにしていたのである。

紺の服をきた、白粉気《おしろいけ》のない給仕女が、大泉のそばにきた。

「ジュースをくれ。――それから秋山は来なかったかい。」

「今日はお見えにならないそうです。ジュースは冷いのにしますか。熱いのに――」

「冷いのがいい。」

「かしこまりました。」

あたりの騒音にかき消される位低く、事務的な声で、給仕女は云った。

大泉はポケットから、途中で買った赤新聞を出した。いかがわしい写真や記事がのっている。人を待つとき、よくそんな新聞を読むのだ。

「モンブラン」を出て、「ライラック」に引返すと、秋山はきていた。

「耳よりな話がある。神岡が東京に出てきてる。素晴しい高級車をのり廻してる。日本にいま三台しかない最新型のクライスラーだ。」

秋山は昂奮している。神岡は綿布の闇をやっていた。大泉とはルートが違っていたが、二三度金を融通したことがあった。

「奴《やっこ》さんたしか神戸に行ったんだな。どうしてるかって時に思い出すことがあったが。おとなしい男だったな。」

大泉は色の白い、面長な神岡の顔を浮べた。

「神戸から出てきたんだ。銀座に外人がよくゆくステップというキャバレーがあるだろ。」

「前にメイフラワーといったんだ。」

「その店の前にクライスラーが停ってるんだ。どんな奴が持っていやがるかみてやれと思ってさ。商売柄気になるからね。キャバレーにはいったら、神岡がいたんだ。」

秋山は卓子に片肘をつき、重ねた脚を、ボックスの外に出している。大泉は片肘をついたり、給仕女がもってきたコーヒーを、匙でかき廻したりしていた。表を通る自動車の警笛や、近くの国電の音などで二人の話はそばのものにも聞き取れない。

「君のことを話したら、会いたいって。明日二時ここで待ってるそうだ。」

秋山は煙草に火をつけた。大泉は久方振りに気持が浮いてきた。

「おれはてっきり神岡が喰いつめていると思っていたんだ。」

「おれたちと違って、おっとりしていたからね。」

「奴さんも自動車のブローカーか。」

「これの方らしい。明日奴さんがくわしいことは話すだろう。」

秋山は、腿に注射する恰好をした。大泉はヒロポンか、ヘロインを扱っているのだと察して、

「少し資本をかりようかな。いつか君に話したバアをやりたいんだ。」

大泉はそれからさっき警官に呼止められたことを話した。

「あくまで知らんと云えばいいんじゃないかね。神岡はおれに神戸に来いっていうんだ。いいお得意を紹介するそうだ。おれの商売はなんといっても外人相手がいいからなあ。君も思い切ってゆかないか。」

「君のように若けりゃ行くんだが。たか子がなんていうか。」

大泉の言葉に、秋山は思わず笑いをもらした。たか子と一緒になってから、一晩も女なしでいられなかった大泉がキャバレーにも待合にも行かなくなった。珠子が生れてからは、きまった時間には家に帰る。大泉が八千ドル奪われたのも、たか子から鼻毛を読まれて、大泉の腕がにぶったように思われるのだ。

大泉は、秋山の表情には気付かない。神岡から金を借りて、バアをやれたらと、しきりにそのことを考えている。

二

翌日早目に大泉は、「ライラック」へ行った。

神岡はトウキョウホテルに泊っているそうだ。

昨夜九時頃横浜の家に戻った大泉は、なんとなく浮き浮きしていた。警官に呼ばれたことも気にならなくなった。神岡から百万円ばかり融通してもらおう。そしたら福本から金を取立てなくてもよいのだ。前に現金で二十五万円福本から受取ったが、大泉の懐に入っていない。大泉が八千ドル買うために払った三百万円のなかに、知合のEからあずかった五十万円がふくまれていた。Eは前から大泉の商売に一口のっていたのである。大泉は奪われたことを話し、あとはいずれ弁償することにして二十五万円渡した。自分たちの暮しには所持品を売っていた。福本からその金を取立てたとき、大泉は胸糞の悪い思いをしたのであった。十五万円は福本が家財道具を売ったのだ。残り十万円は、肥料会社に勤めている伯父から借りたのだ。福本は伯父から散々油をしぼられ、地道に働くと誓い、伯父の世話で、生田ビルにある肥料会社で働くようになったのである。

福本が子供に晴着の一枚も買ってやりたいため、柄にもないドル買いに一役買ったのも大泉はわかるのだ。大泉はひところ三人妻を持っていたことがあるが、子供が出来なかった。たか子は大泉と二十二も年が違うが、同棲した翌年子供が生れた。大泉はよろこんで、たか子の籍を入れた。戸籍面では大泉は四十三ではじめて結婚したことになる。

神岡は羽振りのよかったころの大泉しか知らない。おれは素裸になった。バアをやりたいが救助してくれないか——そう切出したら嫌やとは云うまい。そんなことを考えていたら、表の方で自動車のとまる音がした。ついで扉があいた。

鼠色のオーバーをき、鼠色のソフトをかぶった三十四五の男が、すうっと入ってきた。神岡だ。大泉と向い合ってかけると、

「やあ」

となつかしそうに笑った。暫く会わぬうちに貫禄がついたものだと大泉は思った。

「すっかり御無沙汰してしまって。」

「昨日秋山君に会って、あんたがここに来ることを聞いたから。」

大泉が云いかけると、

「ここではなんだから。車を待たしてあります。」

と云い神岡は立上った。

三

大泉がクッションに身体をもたせかけると、車はすべり出した。ピカデリーの前を通り、橋を渡った。ガラス窓から外を眺めていた神岡は、大泉の方へ身体を寄せてきた。

「築地で災難に会ったってね。秋山から聞いた。あすこではあんたにおごって貰ったことがありますよ。」

「まったくお話にならん。築地だもんで前のことを思い出してさ。油断しちゃって。ひどい目に会った。昨日はお巡りに呼止められるし——」

「そのことも秋山から聞いた。秋山とは今朝も会った。彼は神戸にきますよ。わたしはあと一週間ばかりしたら帰ります。秋山も後始末してそのころ行くはずです。」

神岡は前方をみながら、ささやく。車は電車通りに添って走った。大泉はガラス越しに、うしろをみた。さっき新橋から、「ライラック」へ行った時、警官にまた呼止められはしないかと思ったのだ。車は新常盤橋を右に曲った。何処に行くのだろうか——

「あんたは忙しいんだろ。」

大泉は尋ねてみる。

「稼ごうと思えばいくらでも稼げる。いまポンとモヒだけだけど。この車は仲間のものだが、東京に出てくると使ってる。来月また出てきますよ。」

仲間というのは三国人だろうと大泉は察する。

「ぼくはバアをやりたいと思っていたんだ。築地であんなことが起きたもんだから――」

「秋山の知合いでね。バアをやりたいってのがあるそうですよ。共同経営者を探してるって話です。」

云いながら神岡はポケットから手をぬくと、新聞包みをつかみ出し、素早く大泉のポケットにねじ込んだ。

「使ってください。わたしはいま沢山持ってる。遊んでる金だから。」

「それじゃお借りするか。」

大泉は包みの大きさから、百万円位と思う。前には大泉も五十万、百万ポケットからつかみ出して、用立てたものだ。そのころ大泉のすべてのポケットには札がうなっていた。銀座のキャバレーではじめてたか子に会ったのもそのじぶんだ。たか子は仙台の旧家の娘だが、終戦後零落した。歌手になるつもりで上京し、学資を得るため「モア」というそのキャバレーに出たのだ。抜けるように色が白く、黒い瞳がうるんで光っていた。肉付きのよい、ゆたかな肉体は、すぐ大泉の眼についた。神岡はたか子を知らない。「モア」には大泉は一人で通ったのだ。年下の宇和島や秋山や神岡たちを警戒したのだ。一緒に築地の待合に行っても、途中から抜けて、「モア」へ行った。たか子のため金を湯水のように使った。半年してたか子は彼のものになった。彼の眼に狂いはなく、処女だった。肉体的にもたか子は、大泉を満足させた。たか子と珠子のため危険な商売はやりたくないが、バアをやるため二三回だけその金をもとにして、取引きは出来ないものだろうか——。

ちょっとの間二人は黙っていた。大泉が云い出した。

「これを元手に、バアに出資する金を儲けさせてくれないか。」

「いいですよ。あんたのことだから。」

「ぼくは警視庁から目をつけられているから、危いことは当分やりたくないんだ。二三日で打切っていいかい。」

「承知した。あんたのことを話しとこう。これから行ってみよう。わたしの名はジョージ水木ということになってるから。」

大泉たちの商売ではぼろく儲けるかわり大きく損することがある。前に大泉は警察につかまりそうになって、五十万円ばかりの薬品を大溝に投込んだことがあった。そのころだったら三百万円奪われても、立直れたのだ。いまは闇商売もむずかしくなった。五万円もうけるのにも骨が折れる。

四

浅草のマーケット近くのある建物の二階で、神岡から、須谷という男に引合わされた。大泉は須谷からモヒの包みを渡された。須谷は第三国人らしかった。

そこを出ると大泉は、神岡に芝の光洋苑という大きな料理屋に連れてゆかれた。食事の御馳走になった大泉は、先に出ると、銀座の、前に取引きしたことのある中華料理店に行った。支配人をよび出し、商売にかかった。支配人は前の取引で大泉を信用していたから、明日午後品物と引換えに金を渡すことに決った。

大泉はそこで自動車をよんで貰い、新橋駅を素通りして品川から京浜線にのった。

家に戻ると、警視庁の、一昨日会ったYという警官から手紙がきていた。

たか子はいやに度胸がよい。

「きたわよ。」

とその手紙を、大泉にわたした。

「心配しなくていい、相手が日本人だったら、引張られるところだがね。」

文面は決して迷惑をかけないから、御出で願うというものだった。偽ものであっても奪ったのはアメリカ人だ。こっちで八千ドルあきらめてしまえば、警視庁の方ではどう仕様もないだろうと大泉は考えていた。

翌日彼は大宮に住んでいるSを訪ねてみようかと思った。Sはパージに引っかかってから、大宮に引込み、読書に半生を送っていた。大臣をしていたころの猛禽のような鋭さはなくなっていた。年に一回か二回大泉は訪ねることにしていたが、その度に淋しい思いがした。

Sを訪ねてもどうにもならぬし、静かな暮しを騒がせたくなかったので、銀座の中華料理店に行った。大泉はそこで百万円受取った。

大泉は昨日須谷に、五十万円支払っていた。

一回で五十万の儲けを握った大泉はそこから自動車で、「ライラック」へ行った。

秋山が来ることになっていた。バアの共同経営の話を、秋山が神岡に云い出したのは、神岡が大泉のため金を出す見込みをつけたからに違いない。

大泉はそれを思うと、カンにさわるが、彼が素寒貧《すかんぴん》だったことを秋山は知っているから仕方がない。

大泉はここへ来る途中もいまも警官の姿に気をつけていた。万一の場合は神岡が引受けるといってくれた。しかし危険をともなわない商売はあり得ないし、儲けが多い程危険も多いというわけだ。

秋山は間もなくきた。

バアの共同経営者を紹介してくれという大泉の頼みを、神岡が秋山に通じておいたのだ。秋山は瀬戸というその男のことを喋った。

瀬戸の細君はキャバレーで働いたことがあるし、瀬戸は熱海のホテルの番頭をしたことがあるそうだ。

翌日渋谷で瀬戸を紹介してもらうことにきめ、秋山と別れた。

家に帰った大泉は、

「どうやら運が向いてきたぞ。経営はその方の経営者がいいんだ。瀬戸はだけどなんで儲けたんだろうなあ。やっぱり神岡のルートかな。」

そんなことをたか子に話した。珠子は大泉が帰ってくると、はしゃいで、寝かしつけるのがひと苦労だった。年取って出来た子は利口というが、珠子の頭の働きは驚くほどで、五つ位といってよかった。大泉の胸にのったり、たか子のゆたかな乳房にいたずらしたりした。そんな珠子が大泉には、小さな妖精のように感じられ、この世のものと思われなかった。

翌日も警視庁に行くのを止めて、渋谷で瀬戸に会った。それから一緒に京橋の高島屋裏まで行った。いまはラジオ屋だが、主人が郷里に帰るので、あとを譲り受けようというのだ。五反田あたりと違って、収入も多いだろう。それだけに店の飾付けに金をかける必要があった。

大泉はそこで瀬戸に別れ、ジョージ水木の名を使って、もう一度須谷からモヒを受取った。

その日はそれで横浜に引上げ、翌日昼過ぎ生田ビルに、福本をたずねた。

福本には警視庁からなんとも云ってこないという。考えてみれば福本は走り使いに過ぎない。築地の「いな富」を出て、偽C・I・Dたちは大泉と福本を自動車にのせ、彼等は別の車にのった。途中で彼等はずらかった。大泉はそれに気付き、福本と関が住んでいるアパートに行った。関はずらかっていた。大泉がアパートの管理人に聞いたところでは、中国人ということだった。

「ボロイ儲けにはこりこりしましたよ。家内は近所の仕立物をやっていますが、お返しする金がなかなかたまらなくて。」

福本はおどおどして言訳けした。大泉は彼から取立ててやろうとは思っていないのだ。

「いつでもいいよ。君も自分の柄に合わんことしちゃ駄目だぜ。」

言棄てて大泉は階段をおり、表に出た。なんとなく自分の云ったことがおかしかった。「おれも教訓を垂れるようになったのかなあ。」と苦笑した。「ライラック」へゆくため数寄屋橋の近くまでくると、ポンと背中をたたかれた。

振返ると、Yだ。

大泉は覚悟していたつもりだが、やはりぎくっとした。

「お待ちしていましたが、みえませんでしたねえ。」

「ぼくにはおぼえがないことだからねえ。」

「あんたと同じように、日本人や朝鮮人や中国人が十人ばかりやられてるんですよ。みなで千五百万円とられてるんです。偽ものがつかまったが、証人が必要ですからね。あなたの迷惑にならぬようにしますから、警視庁まできてください。」

大泉はひどい奴だと思った。しかし自分に来いというのはそのことだけでないような気がするのだ。

「ぼくはいそがしいんだ。」

「そりゃあわかっていますが、向うの裁判では証人が必要ですからね。被害者はみなあんたのようなこといって、逃げるんですよ。」

大泉が警視庁にゆくまで、Yはつきまとうに違いない。ある考えが大泉の頭に閃めいた。

「取られたのがドルでなくて、日本円ということにするなら、行ってもいいがね。」

「それでいいですよ。あんたが築地で確かにその男にとられたと証言してくれりゃあいいんですからね。」

「おれを騙したら、君をただでおかないよ。」

「あんたの迷惑になることはしませんよ。」

大泉は警官とタクシーにのった。彼は瀬戸に会うことになっていたのであった。

警視庁にゆき、係員に会うと、偽C・I・Dを訴えたのは、日本人で、Kという元海軍大尉だという。Kが奪われたのは八百ドルだった。Kは新宿の「ホテルみやこ」で取引きすることになっていた。偽ものたちがドルを奪い、ホテルの前にあったジープにのるとき、Kは番号を頭に畳み込んだ。偽C・I・Dは相棒の関が逃げたので、その時二人でやったのだ。Kは自分が逮捕されるのを覚悟して、

ＭＰに訴えた。ＭＰがジープの番号と、そのジープが使用されていた時間を調べてみたら、Ｃ・Ｉ・Ｃのもので、使用したのはバートンというＣ・Ｉ・Ｃの中尉と、マイケルというＣ・Ｉ・Ｃの軍曹だった。バートンもマイケルも金使いが荒く、かねて注意されていたのであった。

係員はそんなことを話してから、

「バートンが白状したので、向うから依頼があったんです。それでひとつひとつ実地にてらして調べたら、あんたのこともわかったんです。」

「すると偽Ｃ・Ｉ・ＤはＣ・Ｉ・Ｃだったんですか。」

「そうです。二人でやったときも、中国人の仲間とやった場合がある。あんたのときは三人でしたね。」

「ぼくもおかしいと思ったが、なんしろピストルを突きつけられていますからね。」

「九日に軍事法廷がひらかれるんですが、証人として出てもらいたいんです。」

大泉は探るように係員をみた。九日まであと三日ある。

「ぼくも商売の方がいそがしいんですがねえ。」

「そりゃあわかっていますが、向うの裁判は日本と違って、証人が法廷で証言をしないことにはどうにもなりませんのでな。これまで三人あまり法廷に出ましたが、いよいよとなるとバートンを知らんといって、話にならんのです。」

大泉はラジオ屋と値段が折合わぬことで、瀬戸と早く連絡したいと考え、いらいらしていた。瀬戸はほかの人間を探すかもしれない――

「向うの法務官も困ってるんです。Kさんも証言となると駄目ですからなあ。勇気を出してもらいたいんですがねえ。」

係員はしきりに頼む。大泉は妙なことになったと思った。ふとたか子と珠子の顔が浮んだ。奪われたドルが還るわけでなし、裁判などに関係したくない。しかし卑怯者のように云われるのも癪だ。警察の方ではここ三四日の彼の行動を知っているかもしれなかった。ここで彼等の頼みをきいておくのもよいかもしれない――

「ぼくが取られたのは日本円ということにすると、Yさんは云ったんですがね。それでよければ証言しますよ。」

「それで結構ですから、頼みますよ。」

「ぼくは女房子供がありますからね。金を奪われた上に、引張られるような目に会いたくありませんからね。」

「いやあんたの云うのも一理ありますよ。この近くの建物で軍事法廷は開かれるんですが、その前向うの法務官に会って、あんたからも確めてください。」

大泉は承知した。ドル買いがよくないことは、よく知っている。しかし闇ドルの需要はなにも商人だけではない。官界、政界のある人物たちに必要なことを大泉は知っている。福本が関を紹介した時、関の背後に政界の大物がいると福本は云った。福本も大泉も関の言葉に釣られたわけだが、大泉は関の背後にいるというその人物を信用したわけだ。関もいずれ捕まるだろうが、向うの法務官が自分のことを引受けてくれたら、ほかの人間が自分や福本のような目に会わぬため、証言しよう——そんなことを考え、警視庁を出た大泉は、念のため「ライラック」に行ってみた。瀬戸が二十分ばかり待ったようだと給仕頭は云った。言伝てがないので、大泉は近くの郵便局で、瀬戸の自宅に電報を打った。

それからトウキョウホテルに電話をかけた。神岡はあと三日ばかりで、神戸に帰るはずだった。神岡は不在だった。大泉はその日はそれで帰ることにした。たか子には警視庁に行ったことは黙っていた。

翌日大泉は「ライラック」で、瀬戸に会った。ラジオ屋を買取るため二百万円要るが、相場より安いから、グズグズしていたら他に取られてしまうと瀬戸は云った。飾付けやソファなど店を改造するのに六七十万は要るだろう。相談の上瀬戸が二百万円、大泉が百万出資することになった。儲けは四分六分で分けることもきめた。大泉は神岡から借りた百万を二度動かして、倍以上儲けていた。元金の百万は、神岡に返さねばならない。神岡はいつでもよいと云っているが、大泉はこれ以上モヒに関係したくなかった。もし神岡に返せなくなったら、大泉は仕返しを覚悟しなければならないだろう。

大泉は、瀬戸が店の名義を瀬戸の細君の名前にしたいというのも承知した。法廷に出なければならぬことを考え、万一の場合開店出来なくなることを恐れたのだ。

翌日の午後大泉は、警視庁近くの建物で、米軍の法務官と会った。大泉の希望を、通訳が法務官に取次いだ。法務官は承知した。

当日はその建物の四階で、軍事法廷は開かれることになっていた。四階でエレベーターをおり、教えられた通り歩いてゆくと、向うから忘れもしない、彼からドルを騙し取った男、即ちバートンがやってきた。

バートンは大泉をみた。大泉がくることは知っていたらしかった。

「君が証言したら、君は首をチョンだよ。沖縄にやられるかもしれないよ。」

たどたどしい日本語で、バートンはそんな意味のことを云い、自分の首すじに手をあててみせた。罪名がきまるまでアメリカでは可なり自由だそうだから、バートンは歩き廻っているのだろうが、この方法でこれまでの証人をおどかしたに違いない。

大泉はにやにやしていた。今後ドル買いはやらない。すでにバアをひらく準備にかかっている。大泉は百万円を瀬戸に渡した。神岡に借りた金も返した。

自分に万一のことがあってもバアから上る利益でたか子と、珠子は暮してゆける。

控室に入ると若い男と、三十位の女がいた。二人共中国人らしい。暗い顔をしている。大泉をみても口をきかない。バートンと一緒に丈の高い男が入ってきた。仲間のマイケル軍曹だ。

「お前たち、チョンだぞ。」

バートンはまたおどかした。わきにいるＭＰは平気でみている。

これじゃ日本人は証言出来ないと、前職の経験から大泉は思うのだ。（講和条約が出来る前だった）事実これまでの証人はみなふるえ上って、バートンを知らぬと云ったのだ。

定刻になり、法廷に入った。

正面に裁判長（少将）がいる。右手に数名の法務官、左手にバートン中尉と、マイケル軍曹がいる。わきに官選弁護人（少佐）が二人ひかえている。それぞれ軍服姿は厳めしく、身体が大きい。

二人の中国人は一人ずつ呼ばれたが、すっかりおじけづいて、そそくさと出てきた。

大泉の番になった。大泉は糞度胸が据った。たか子のことも珠子のことも念頭になかった。バアのこともいまは問題でなかった。

法廷の中央に証人席がある。その席について大泉は型通り宣誓した。

眼を正面の裁判長にすえた大泉は、法務官から弁護士と視線を移してゆき、バートンの顔の上にぴたりとめると、

「この男たちです。」

と叫んだ。築地の「いな富」で、ピストルを首筋につきつけられた時の恐怖、無念——そんなものが一時に湧き起った。

大泉はその時の様子を話し、両手で札束の大きさを示し、

「三百万円ぼくから奪ったのは、この男です。」

と繰返した。

×　×

それから一月ばかりして、バートンとマイケルは本国送還になったという。

軍事法廷のため大泉が潰した日数（四日）の日当は、向うでくれた。

京橋のバアは「パアル」と名前をつけて、開店したが、瀬戸も細君も大泉に儲けをよこさない。細君の名義になっているから、どうしようもない。瀬戸に会おうとすると大阪に行っているとか、病気などと云って逃げる。ソファやスタンドなど打ちこわしてやろうと思うことがあるが、そんなことをしても無駄だと思うのだ。秋山と神岡が上京したら、話してくれるだろうが、なにか事件が起きたに違いない。まだ上京しない。

大泉は材木会社に勤め出した。

福本のように地道に稼いだがよいと、思いだしたのだ。

裸の捕虜

鄭 承博

大きなリュックサックを小さく丸めて、小脇へちょこんと抱えた承徳は、今日も思案に暮れた。一体何処へ行けば、首尾よく買い出しが出来るのか、それは毎日籤を引くような思いであった。

も早、野菜のひとにぎりと言えども、田舎へ行ってかんたんに買い出して来ることは出来なかった。戦争が長びいて、極度に物が尠くなったせいもあったが、それよりも農家はきつい統制違反の取り締りを怖れていた。売り買い双方とも同じように、厳しく罰せられることになってからは、よほどじっこんな知人か親戚でもない限り容易に物を売ろうとはしなかった。

何処へ行くとも、まだはっきり考えの決まらないまま、とにかく承徳は天王寺まで出て来た。すでに本土空襲も覚悟をしていただけに、駅の構内は疎開の客とその荷物で、どこもかしこもいっぱいであった。どの窓口にも切符を買う行列が延々と続いて、人々はただ無心に立ち続けていた。中には新聞を敷いて坐り込んでいる老婆もいた。じっと杖に凭れて佇んだ老人もいた。親にはぐれた子供の泣き声、母親が子供を探す疳高い叫び声、まことに騒然としていたが誰もこれを庇うてやろうとはしなかった。そしてまた庇うてやることも出来なかった。

軍務公用とか、特別になにかの証明書でもない限り、一般人が乗車券を買うことはむつかしかった。一度に僅かしか売らない切符を、順番が来るまでいつまでも、行列をつくって待たなければならなかった。

その点買い出しを専門にしている、闇屋仲間は、なかなかの要領を得ていた。切符買いを仕事にしているお婆さんらと組んで、大抵の場合は即刻間に合う仕組みになっていた。その代り値段は、定額の二十倍にもなっていたが、誰一人文句をつける者はいなかった。

いつもならこの闇切符のお婆さん達は、四五人とぐろを巻いて構内のどこかに立っていた。ところが今日に限って一人も見当らなかった。なによりも切符がなければ、どうする事も出来なかった承徳は、構内を一巡してから諦めて、引き返すことにした。おおかた入口まで出かかると、誰かに背中を叩かれたので振り向いた。すると大阪駅でよく闇切符の世話になるお婆さんであった。それがどうして天王寺に居るのかと思ったが、そのお婆さんは、もじもじと袋の中から切符を一枚取り出して

「あのなあ、関西本線ならあるんやけど」

「ほう、お婆はん、この頃天王寺まで荒してんのか」

「違う違う、昨日ここの人ら、一人残らず引っぱられてしもうた。当分面倒見おらんにゃしゃーない」

お婆さんから買い取った乗車券は、関西本線奈良から、一駅先にある、木津までの往復券であった。一度もまだ行ったことはなかったが、仲間の間ではよく話題に上る地名であった。大阪からだと距離的にも非常に近く、取り締りも割合い緩い上に、上手にあされば、物も豊富にあると言うことであった。この際一度無駄足を踏むつもりで、行って見てもよいと思った承徳は、早速ホームへ走って行った。

手順よく汽車にも乗れて、夕刻までには木津へ着いた。駅前の大通りを左へ曲ってしばらく行くと、間もなく町の外へ出た。もうそこは全くの農村風景であった。辺り一面に拡がる稲田は、すっかり色づいて、今にも刈り取るばかりになっていた。すぐ近くに大きな川もあった。その川上には、山裾にいろいろな形の農家が点在していた。すでに長い山影に被われた家々からは、夕餉の煙がほのぼのと立ち上って、戦争とは何の係わりもない静かな風情であった。

初めての土地へ来て、そのツボを射当てることはむつかしかった。見知らぬ者が盲滅法で入って行っても、鼻の先であしらわれることは決まっていた。しかし、どこの村へ行っても、一軒や二軒は慾の深い百姓もおった。自分の家にある物は愚か、外から買って来てまで、高い値段で売りつける者もいた。そう云う家に行き当れば、却って買い出しを悦んでくれたが、それを見つけるためには、二日も三日も無駄足を踏んで、ここへ通わなければならなかった。

とにかく橋の袂を川上へ折れて、どんどん部落へ近づいて行った。高い土手を歩いて、おおかた村の近くまで来ると、低い練り塀を廻らした一軒建ちの農家があった。その家は土手の下になっていたので、よく中庭が見えていた。歩きながら見ていると、白い手拭で頬被りをした女の人が、忙しそうにあっちこっちと素早く動き廻っていた。

買い出しの場合は出来るだけ一軒家が好都合であった。闇屋の出入りを近所に見られることは、ほとんどの農家が嫌っていた。

いくら一軒家であっても、初めての家へ物を頼みに入るのは、承徳も嫌であった。闇屋仲間に入ってから、もうかなり月日が経つのに、今だに慣れてこない自分を、まことに腑甲斐なくも思った。でも仕方がなかった。いつものように、思い切り下腹へ力を入れて呼吸を整え勇気を出した。

早速土手を降りてその家の門を潜った。頭をちょこんと下げながら、女の人に近づいて行って

「お婆さん、こんにちわ。お忙しいところをどうも。なんでもいいから売ってえーな」

「折角やがなんにもないな。この頃はなんでもみな、供出せんとあかんさかい」

どこまで行っても、断わるセリフは、みな同じであった。

最初の一軒を当れば、断わられて、後は度胸がついて来た。一軒一軒片っ端から入って行った。土手を上ったり下ったりしながら、十軒余りの農家をほとんど当ってみた。しかし全部断わられて、他にはもう目星しい家も見当らなかった。

村の中でこれ以上の長居は出来なかった。日暮れも近かったが、他所者がいつまでもうろうろして

いたのでは、所轄の駐在が嗅ぎつけて来る恐れもあった。野菜のひと株は愚か次の機会の手掛りも攫めなかった承徳は、がっかりせずにはいられなかった。

諦めて帰ろうと思って、もとの土手の上へ戻って来た。今までは気がつかなかったが、麓から段々畑が続いた丘の上に、どこもかしこも、コールタールで塗り潰したような、妙な家が一軒見えていた。建ちの低いトタン屋根の小屋がいくつも並んでいて、その横に小さな瓦葺きの二階屋がちょこんと建っていた。田舎では滅多に見られない風変りな家であった。

農産物の加工工場とも、家畜を飼う小屋とも思えなかった承徳は、どうしても一度、そこへ立ち寄ってみたくなった。日が暮れるまでには、まだ少し間があった。思い切って丘を駈け登り、息を弾ませながら、門の前へ辿り着いた。そうっと中を覗いて見ると、広々とした庭の真ん中で、老人が一人莚のようなものを繕うていた。かなりの距離があったので、承徳は声もかけずに黙って入って行った。

ところがその瞬間、ここ当分見たこともなかった異様な光景が目についた。

下から見えていた、トタン屋根の小屋の中には、南瓜や甘藷が山と盛り上げられ、またその横には、米か麦が入っていると思われる俵を、ぎっしり積み上げてあった。ここでなんとか泣きついてみなければと、承徳は急に勇気が出て来て、全身が奮い立つ思いであった。先ず被っていた戦闘帽を脱いで、無心に仕事をしている老人の傍へ近づいて行った。

「お仕事中にどうもすみまへん」と出来るだけ丁寧に頭を下げて、お辞儀をした。すると老人も手を止めてこちらを振り向いたが呆気に取られたのか、顔を見詰めるだけで、全然物を言おうとはしなかった。承徳は何度も頭を下げるとようやく

「どなたじゃな」

ここぞとばかりあるだけの知恵を絞って、熱弁を揮った。

「僕は飛行機の部分品を作る、軍需工場で働いている者なんですが、食べる物が無くて、工員全部が働くことも出来まへん。なんでもいいから助けると思って売って下さい。この通りお願いします」

両手を合せて拝むように頼んではみたが、老人は一言の返事もしなかった。ただ両眼をしょぼつかせながら、じっとこちらを見詰めていた。しかし承徳は、ここで諦める訳にはいかなかった。なお言葉を続けて、一生懸命食い下がってみた。

「決して嘘やありまへん。もし僕が警察へ引っかかるようなことがあっても、軍の監督官を通じて、ちゃんと会社が揉み消してくれることになっております。信じて下さい」

身振り手振りで熱心に説明はしたが、老人はたった一言

「あんたはん、年はいくつかな」

余りにも予期しなかった言葉に、承徳はがっくり間が抜けたような思いであった。

「はい、二十一です」と答えたが、老人はすぐ遠くへ目をやり、こんどはなにか曰くのありそうな

顔つきになってしまった。しばらく時間をおいてから、また承徳の方へ顔を向けて
「それじゃ、うちの戦死した子と同じ年やが、あんたはんは兵隊に行かいでもよかったんやな」

全然関係のないことばかりを訊いていた。しかしなんとか弁明しなければならなかった。今どき、兵役に関係のない若者がいる筈がなく、承徳はことあるたびに肩身の狭い思いをして来た。

処と場合に依っては「はい、自分は朝鮮人だから、兵役に関係ありません」とはっきり言えなかった。現にこの老人も、自分が朝鮮人だと知ったら、おそらく何も売ってくれない可能性もあった。その上また、自分と同じ年の息子が戦死したと言う老人の前で、とても兵役に全然関係がないとは言えなかった。

「はい、その代り軍需工場で働いております。今日中にどうしても食べ物を持って帰らんと、大事な工場の仕事が、どうなるやら分かりまへんね」

「ほう、それなら金で売る訳にはいかんさかい、そこにある南瓜や芋でよかったら、あんたはん持てるだけ持って去になはれ」

とても信じられない話であった。でも初対面の老人から、貴重な食料をただで貰う訳にはいかなかった。承徳は早速財布を出して見せながら「この通り会社から、ちゃんと金を貰っています。代金を受け取って下さい」と、何度も頼んでみたが、老人は頑として聞かなかった。

途方に暮れてしまった。ことここに至れば、引くことも進むことも出来なかった。仕方がなく立ち

尽くしていると老人の方から手を出して、承徳が持っていたリュックサックを取り上げた。一体どうするのかと思って見ていると、自分から小屋へ行って、南瓜をどんどんリュックへ入れ出した。慌てて承徳も走って行った。言われるままにこれを手伝って、とうとう入るだけいっぱいに詰め込んでしまった。

もうとっくに日が暮れて、辺りは薄暗くなっていた。ずっしり重くなったリュックサックを背負うて、承徳は深く頭を下げながら「それでは、遠慮なく戴いて帰ります」と、お礼を言ったが、老人はただ黙って頷くだけであった。

×

三年ほど前、承徳が就職をした当時の、吉沢金属工業所は、型通りの平凡な町工場であった。生野区の雑然とした町の中にあって、常時三十人余りの工員が働いていた。

古くから精密工作に力を入れて来ただけに、この工場も突然時代の脚光を浴びることになった。本土空襲に備えて製作された、迎撃用戦闘機「月光」のエンジン連続ボールトをここで作った。それ以来一躍軍の重要指定工場になるとともに、全従業員の自由な行動は許されなくなってしまった。

ちょうど一年ほど前のことであった。道路を隔てて工場の向い側に並んでいた民家を、何軒も買収して、忽ち立派な寮が作られた。全従業員のほとんどが通勤者で、大半は世帯主であったが、否応なしに全員が、その寮へ収容されてしまった。

入寮の前日であった。長い軍刀を吊った陸軍監督官と称する中尉が一人やって来て、みなを出来上ったばかりの寮に集めた。

「……諸君はただ今から、名誉ある本工場へ、現場徴用の栄に浴することになった。諸君の手で作られた製品は、我が航空界に寄与するところ誠に大である。これは言うまでもなく平素より諸君の、不屈な鍛錬と精進の賜であり、延いては滅私奉公の精神につながるものである。これからも一致団結して生産に励み、勇敢なる前線将兵の、その期待に応えるよう……」

と言う訓辞をしたあと、改めて一人一人に正式の徴用令状が手渡された。

それから三日ほど過ぎた寒い日であった。昼休みに日向ぼっこをしていた承徳は、思いがけなく事務所からの呼び出しを受けた。早速手を洗って走って行くと、すでに班長が入口へ出て待っていた。行くなり手招きをしながら班長は

「君、こちらへ来てくれんか」

と言って事務所へは入らず横の路地へ連れて行った。最初はなにかもじもじと言い悪そうであったが、やっと彼は切り出した。

「ねえ君、これは会社の方針だが、余り長い期間とは言わんから、明日から寮を出てアパートへ変

わってくれんか」

「それはまた、なんでです」

「この頃食糧事情の悪いのは、君もよく知っているやろう。主食にする麦や高粱は軍からくれても、肝心なおかずにする物が何もないんや。もう塩しかしゃーないと言って、今朝炊事係のお婆はんが、事務所へ言うて来おってん。最近は各社もやってるそうやが、うちも誰か一人買い出しに出すことになったんや。そこで先ず君が選ばれたと言う訳やが、万一の場合を考えて、寮を出てもらうことになったんや。軍管理工場正規の工員が、買い出しで引っぱられたと言うことになると、担当の監督官に迷惑がかかるやろう。その代りアパートもちゃんと用意が出来ているし、もし君がひっかかるようなことがあっても、その場合はまた会社から監督官を通じて、どんないでもするが。大船に乗った積りでひとつ頼むわ。そのうちに時期が来たら、誰かと代ってもらうさかい」

それ以来承徳は寮を出て、来る日も来る日も買い出しを続けた。上手に闇屋仲間に潜り込んで、炊事場のあらゆる注文に応じて来た。野菜物は無論、味噌、醤油、だしジャコに至るまで、賄いに必要な物はほとんどであった。その都度、自分の力で買えなかったものは、闇仲間の手を経てでも、とにかく言う通りに間に合わせて来た。

ずい分無駄な金も要った。闇屋仲間の交際費から、買い出しに行く先々の手土産に至るまで、どれひとつ立証の出来る物はなかったが、それがかなりな額に上っても、会社へ請求さえすれば、何の疑念もなく耳を揃えて出してくれた。

買い出しから帰ったらかならず顔を合わす炊事場のお婆さんも、たまに逢う担当の班長も、よくお上手を言ってくれた。

「あんたのお蔭で助かるわ」

「君は買い出しの天才や。今だから言うが、選考をする時、君を推薦したのはこの俺や。これで人を見る目があったと言うもんや」

しかし、この二人は、よく物品をごまかして、家の者に取りに来させていたことを、承徳は薄々知っていた。

×

木津から南瓜を貰って帰った翌日、ひょっこり事炊場へ入って行った。ちょうど昼めしが一人前残っていたので、それを食べさせてもらうことになった。椅子に掛けて一人食べていると、向いの工場から、冗談を言い合う賑やかな話声が聞えて来た。つい、懐しさを感じたが、承徳は自分だけ特殊な社会へ切り離されたような気がして、滅多に工場の連中らと顔を合わすことはなかった。

食事を済ませて、他に用事もなかった承徳は、ついふらふらと久し振りの工場へ入って行った。別に変った処もなく、相変らずみなは、油まみれになってよく働いていた。

三十台ほどの旋盤が三筋に並んだ中ほどに、自分が使っていた旋盤があった。今は無論代りの者が使っていたが、何となくそちらの方へ行ってみたくなった。みなが働いている間を通って、そこへ近づいて行くと、承徳の顔を見るなりどの人もこの人も、満面の笑顔で会釈をしてくれた。なかの一人はわざわざ旋盤を止めて、

「この間のサバはうまかったどう。あれからみな元気が出てなあ。この頃はお前はんのことをサバやんサバやんと言うてるで」

工場中全部に聞えるほどの、大きな声であった。そう言えば、いつか紀州の漁村で、すこし纏まった塩サバを買ったことがあった。警官の目を潜って、ひやひやしながら、何度も何度も運んだが、これほどまでにみなを悦ばせていたとは、全く知らなかった。

油で汚れた黒い顔に白い歯を剥き出したみなの顔を見た承徳は、つい我を忘れてしまった。

「塩サバ位ならまかしとけ。紀州の漁師は、みんな親戚みたいなもんや。これからいくらでも運んだるでえ」

自分も負けずに、思い切り大きな声で叫ばずにはいられなかった。

それからは特に塩乾物に力を入れた。百姓を相手にするよりも、漁師の方が気さくであった。紀州の小さな漁村へ行けば大抵の家には豊漁の時にひらいて塩づけにしてある、いろいろな魚があった。

五日目になって、ようやく連れに来た。調べ室はすぐ横の階段を上った二階であった。入って行くと狭い部屋に、かなりの年配の係官が一人坐っていた。承徳の顔をちらっと見るなり
「貴様まだ若いのに何をしたのじゃ」

「田舎から魚をもらって、帰り道でした」

「田舎とは何処じゃ、本籍地は」

「本籍は朝鮮ですが、和歌山県に親戚がおります」

「そうやろうと思った。日本人やったら貴様のような者は一人もおらん。みんな前線へ行ってお国のために戦っている。かかった者はみな貰った貰ったと言うが、貴様ほんとうは闇の常習犯だろう」

承徳は慌てて「いいえ」と首を振ったが、しかし係官の目に触れた様子もなかった。

「貴様らの同胞はこの非常時に、闇ばっかりやっているが、どうじゃ私が口をきいてやるから、男らしく軍需工場へ行って働いてみる気はないか」

「僕はもう軍需工場で働いております。嘘やありません。生野区の吉沢金属へ問い合せて見て下さい。一緒に働いている人らにも食べてもらうつもりで、くれた魚を持って帰る途中でした」

腕を組んだまま係官は黙っていたが、不意に立ち上って部屋を出て行った。しばらくしてから戻って来たが、意外なことに、先の態度とはがらりと変っていた。荒々しくドアを閉めて、

「貴様、嘘をつくな！」

びっくりするような大声で怒鳴ったかと思うと、拳骨で力いっぱい承徳の頭を殴りつけた。思わず承徳はその場でふらふらっと倒れてしまったが、係官はやや昂奮を押えた調子で、自分の席へ戻って行った。こんどは立ち上る承徳を鋭い目付きで睨みつけながら

「俺に恥をかかしおったな！　吉沢工業へ電話をしたら、貴様なんか知らんと言うとるじゃないか。第一あの工場は機密保護のため、朝鮮人は雇うた覚えがないと言うのに、貴様なぜ嘘をつくのじゃ」

承徳はとても信じられなかった。

「そんなことは絶対にありません。社長でも班長でも電話に出して下さい。僕が話をします」

いくら頼んでも無駄であった、もう何も聞こうとはしなかった。だからと言って、自分は吉沢金属の寮を賄うために買い出しをしていましたとも言えなかった。それを言えば却って藪蛇になるだけだと思った。

それからの拘留機関は長かった。十日二十日と過ぎて行っても、一向に取り調べはなかった。もう吉沢金属から助けに来てくれる望みも全くなかった。

おおかた、一月余りが過ぎて、三月に入った。コンクリートの壁に囲まれた留置場も身の縮むような寒さが緩んで、いく分凌ぎ易くなった。もうすべては成り行きだと思って承徳は、諦めるより外に道はなかった。

思った承徳は、忽ち朝鮮語で聞き直してみた。すると老婆は悦んで「あんたの発音は、私らの訛りとよく似ている。本国の故郷も一緒ではないか」と言いながら、国の話、家庭の話、見掛けによらずなかなかの雄弁であった。

すっかり話につり込まれている間に、人通りもぽつぽつ出て来た。承徳はもう帰ろうと思って立ち上ると、最後に老婆は、皮を剝いた焼き芋をおいしそうにほうばりながら

「紙屑はこれだけ拾うても、いくらにもならない。しかし、闇をして引っぱられたり、働きに行って、意地の悪い親方に会うよりは遙かにましだ」

歯切れのよい朝鮮語で、さっぱり言い切っていた。

×

アパートで承徳はごろごろと時間を潰した。来る日も来る日も寝たり起きたり、これから一体どうしたらよいのか、なかなか決心がつかなかった。

なにげなく去年の秋木津へ行って、南瓜をただで貰った老人のことを思い出した。その後そちらへ行く機会もなく、とうとうそのままになっていた。あれこれと手土産を考えてみたが、急に手頃な物は思いつかなかった。いろいろと考えているうちに、その家の納屋に、タイヤがぼろぼろになった自

転車があったのを思い出した。早速タイヤ会社に知人がいたので訪ねていった。最初は統制がどうの軍がどうのとか言って勿体をつけていたが、結局は高い値段で、タイヤ、チューブ揃えて、一台分を売ってもらった。

翌朝早くこれを持って木津へ出かけていった。スパナーにドライバー、かんたんな道具も一緒に包んで、久し振りの天王寺駅へ出て来た。相変らず闇切符のお婆さんらがいて、即刻乗車券の都合をつけてくれた。

拍子よく汽車にも乗れて、昼前には木津へ着いた。前に来た時は稲が刈り取るばかりになっていた田圃が、今は麦が刈り取るばかりになっていた。僅か半年の間に稲と麦が入れ変っていた。承徳は思った。自分もその間に変り過ぎてしまった。一かどの産業戦士を装おうて、南瓜をただで貰った。もうそれすら出来なくなった今の自分が恥ずかしかった。しかし、丘の上に老人の家はちゃんと見えていた。

暗がりに南瓜を担いで降りて来た坂道を登って行った。門の前へ着くなり承徳は、真っ先に自転車を置いてあった納屋を覗いて見た。自転車はやはりそのまま置いてあった。

「こんにちわー。こんにちわー」と大きな声で何度も呼んでみたが返事もなく母屋の引き戸もぴったり締まっていた。辺りを見廻すと刈って来たばかりの麦を、四五束行儀よく軒下に積んであった。これで老人は麦を刈りに畑へ行ったと合点した承徳は、早速納屋から自転車を引きずり出して来た。

一応全部解体をした。それからきれいに錆を落として、チューブとタイヤを入れ替えた。こんどはそろそろ組み立てにかかったが、車台は別に破損したところもなく、仕事は順調に進んで行った。

するとそこへ、待っていた老人は帰って来ないで、見たことのない老婆が一人、麦を担いで帰って来た。庭の真ん中で見知らぬ男が自転車の修理をしているので、老婆はよほど驚いたのか、担いで来た麦をぱったり置くなり

「一体、どなたはんぞな」

まさかこの家に、おばあさんもいたとは気がつかなかった承徳も啞然とした。何と言えばいいのか、まごついたが、

「ここのお爺さんをよく知っている者なんですが、いまお爺さんはおられまへんか」

「ほう、うちのお爺はんをな」

「実は去年の秋、ここで南瓜をようけ貰いましてん」

「はあはあ、あんたはんやったん。戦死した息子によう似た人が来たさかい、南瓜を持って去んでもうたと言うてた」

「長いこと、お礼にも来んとすみまへん。ちょうどタイヤが手に入ったものですから、自転車を直させてもらっていますね」

「まあまあ、こんなまっさらのタイヤを。お爺はん悦ぶわ。もう自転車自転車言うて、喧しいてお

られへん。この間も米六斗と替えるんやさかい、保有米を出せと言うから、一年間食わんとおらんならんと言うて、喧嘩をしたとこやね」

それからおばあさんは、担いで来た麦をいそいそと解きながら「そやそや、早よお爺はんに知らせんにや」と言って出かけて行った。承徳はがっちり自転車を組み上げた。試運転のつもりで、庭をぐるぐる廻ってみると、乗り心地も上々であった。

間もなくおばあさんと一緒に、お爺さんも帰って来た。

「あんたはんが、もういっぺん来てくれるとは思わなんだ」

と言ってこんどは、首にかけていたタオルで、顔を何度も何度も拭いてから、いま組み立てばかりの自転車をちらっと見て

「私は若い時から自転車が好きでのう、この村で、一番先に買うたんやハハ……」

と笑っていた。

その日は、そこで泊めてもらうことになった。晩ごはんを食べながら、いろいろな話を聞いた。戦死した一人息子の話から、年々衰えて行く老夫婦にとって、百姓仕事の心細さをたんたんと語っていた。これから麦を刈り種を蒔く、農繁期になるが、年寄りには秋の穫り入れよりも、春の植え付けが、より身にこたえると言うことであった。

二三年前からお爺さんは、めっきり体が弱って、この農繁期も無事に越せるかどうか心配だが、お

ばあさんも最近心臓病が出て、もういつとも分らない話を、長々としていた。

承徳は居たたまらない気持ちになった。

「お爺さん、それなら僕も百姓をしたことがあんね。特に畑の仕事は馴れたもんや。この農繁期は僕に任しとき、その代り秋になったら、たんと南瓜ちょうだいよ」

その方が承徳にとっても都合がよかった。大阪へ帰っても別に目的もなかった。

翌日から早速麦を刈った。そして近所から牛を借りて来て畑を鋤いた。承徳は子供の時に、紀州の農家へ預けられて、そこで仕込まれた百姓仕事が役に立った。心配していた炎天の暑さも、覚悟をしてしまえば、さほど苦しいものでもなかった。

とんとん拍子に仕事が進んで、一か月余りの農繁期を無事に務めた。もう明日は帰ると言う日の夜であった。おばあさんは穫れたばかりの麦とジャガ芋を風呂敷にいっぱい包んでくれながら
「こんな物を持って帰っても、朝鮮の人は麦は食べんやろう」

「そんなことない。僕ら小さい時、麦しか食うたことがなかった」

「近いうちに西瓜もマッカも、たんとなるさかい。その時分にはきっとおいで」

そういえば、家のすぐ裏に何株か植え付けられた西瓜とマッカが、つい先日きれいな花を咲かせたところであった。

×

いつまでも、ふらふらする訳にはいかなかった。承徳は木津から帰ってすぐ、知人の世話で、小さな鉄工所へ就職することになった。そこへ住み込んで働くことになったので、アパートで引っ越しの荷物を整理しかけたその時であった。

けたたましい音を立てて、オートバイが一台表へ止まったかと思うと、間もなく戸を蹴り開けて一人の憲兵が飛び込んで来た。たちまち承徳の腕を捻じあげながら「貴様、どこへ逃げておったのじゃ!」全く予想もしなかった咄嗟のできごとであった。恐しさに胸がどきどきするばかりで「一体、何ごとです」と聞いてみる度胸さえ出なかった。

あっと言う間に外へ引きずり出されて、オートバイの後に停まっていた護送車に乗せられた。鉄板の幌を被った車に押し込まれながら、ちらっと承徳の目に映ったものは、方々の窓から近所中の人が首を突き出して覗いている顔々々だけであった。

扉をぴったり閉められた護送車の車の中は暗かった。一体車はどちらの方角へ走っているのか、それすら知ることは出来なかった。時たま交差点を過ぎるレールの震動とカーブをする衝撃以外は、何も感じることは出来なかった。

やがて車は小刻みに左右へ揺れて、いくつかのカーブを激しく曲った。慌てて座席へしがみつく間にスピードが落ちて、車は完全に停まった。降ろされて見るとそこは、四方がビルに囲まれた空地であった。

　オートバイで先きに着いた憲兵は、ここで長い紐の付いた手錠を持って待っていた。早速承徳の両手にこれを掛けると、乗せて来た護送車は、再びエンジンをかけて出て行った。ビルの広い壁面の下側に、たったひとつ、ペンキの剥げただれた小さなドアがあった。そこから承徳は、狭い階段を引かれて降りて行った。下は意外と広い地下室であった。至るところに通路があって、ところどころに電灯もついていた。薄暗い通路を奥へ進むと、すぐそこに小さな事務室があった。開け放された室内には二三人の兵隊が坐っていた。みな帽子も上着も脱いでいたので、階級はよく分らなかったが、引っぱって来た兵隊は、その前へ立ち止まると、元気のよい敬礼をしてから
「只今、吉沢金属工業所の朝鮮人脱走犯、鄭を逮捕いたしました」

「ドブ鼠みたいに逃げ足の早い奴や、ほうり込んでおけ」

　承徳はここでやっと連れて来られた理由が分った。監房はすぐその奥にあった。むしろを広々と敷き詰めた房内には、すでに二十人余りの先口が入っていた。みながそれぞれに踞っている者、壁に凭れて坐っている者、真ん中でどかんと胡坐を組んでいる者と、いろいろ様々であった。

　鉄の丸棒で囲んだ檻の中で、まるで動物がうごめいているような状態であったが、扉が開けられて承徳が入って行っても、誰一人振り向こうとはしなかった。手錠がはずされた手首をさすりながら承

徳は暫くそのまま立っていた。いつまで経っても、ものを言いかけて来る者もいなければ、そこへ坐れ、と言う者もいなかった。仕方がなく承徳は、近くの空いた席へ勝手に坐ってしまった。

気持ちが落ちついて、よく見直してみると囚人はみなかなり年配の者が多かった。脱走犯と言ういかめしい顔は見当らず、むしろ蒼白い痛々しい感じの者がほとんどであった。

それから何時間も経たないうちにまた一人引きずり込まれて来た。まるで人間狩りでもやっているような感じであったが、この人は中年位の、とても元気のよい男であった。連れて来た憲兵に激しく反抗しながら
「わてい、脱走と違いまんがな。母親が病気で三月ほど去んでいただけだんがな。ほんまにもう、こんなとこまで連れて来て、一体どんないしまんねな」

と言ってなかなか房内へ入ろうとしなかった。手錠をかけられたまま憲兵と、押し合いへし合いをしていると、事務所からもう一人の憲兵が飛んで来て、

「貴様、いい加減に断念せんか。いつまで同じことばっかり言うてるのじゃ」

しかし、その男もなかなか負けなかった。

「ほんまだんがな。早よ放しとくんなはれ。そんない言うんやったら今からすぐにでも職場へ帰りまんがな」

無駄であった。ついにその男もいやおうなしに房内へ押し込まれてしまった。

憲兵が帰ってからでもその男は、房内から扉を掴まえて「ほんまにもう話の分らんとこやな。裁判の時思い切り言うたるわ」と大きな声で怒鳴りながら、顔中の筋肉をぴりぴりさせていた。

これを一番奥の壁に凭れて、聞いていた一人の男が、むくむくっと前へ乗り出して来た。

「おい、おっさんよ。いい加減喧しいどう。きょうび、裁判とか言う、そんな贅沢なもんがあると思うか」

「ほう、そんなら裁判もせんと、どないしまんねな」

「そんなこと俺に分るか。わざわざ裁判までせんかて、徴用の逃走犯と言う肩書だけで上等や」

「それやったら、みな銃殺だんがな」

「かも知らん、だけど……」

二人の論争はいつまでも続いていた。しかし決着はつきそうもなかった。

房内は息苦しいほど蒸し暑かった。

食事もほとんどが大豆で、塩あじも満足についてなかった。ちょうど牛に秣《まぐさ》をやるように、バケツにいっぱい入口からほうり込んでくれた。箸もスプンもなく、寄ってたかって、これを両手で掴んで口へほおばった。

便所へ行くのも時間があった。その時間にはずれると、もういくら頼んでも、牢から出して連れて行こうとはしなかった。虐待と言うより、むしろ無気味な仕打ちであった。

毎日のように、二人や三人の新規入房者は後を絶たなかった。引っぱって来られた大部分の者は、監房の入口まで来てから、脱走の覚えはない、放してくれとわめいていた。しかし房内へ入れられてしまうと、大抵の者はしゅんとして、しょげ込んでしまった。憲兵に捕まって収監された以上は、誰も彼もがみな同じであった。一体これからどうなるのかと、気を揉まずにはいられなかった。

みながぼつぼつ自分らの捕まって来た内幕を喋り出してきた。一人として大した罪人はいなかった。徴用から休暇をもらって帰ったまま、診断書も出さずに病気だと偽って、当分戻らなかった者、現場の監督に殴られた腹癒せに、ただそこらを、うろうろ逃げ廻っていた者、どれもこれもがみな、ごく些細なことばかりであった。そんなものがみな大罪に繋がって、処刑になるとはどうしても思えなかった。

ただ承徳の場合は少し気になることがあった。吉沢金属が自分に遺恨を持って、わざわざ憲兵隊へ申し出たか、それとも労務管理法で調べられたか、それは知る由もなかったが、いずれにせよ会社の口ひとつでどうにでもなることであった。それを無理に脱走犯に仕立てたことは、何か悪い予感がしてならなかった。

買い出しに出て警察へほうり込まれた時は、「うちには、そんな者はおりません。朝鮮人はおりません」とはっきり言い切っておきながら、この仕打ちは余りだと思ったが、もうどうすることも出来なかった。

びに、すれ違う客車に、駅名のアナウンスをしているのがよく聞えて来た。茨木、高槻、京都、東海道本線を東へ走っていることは、絶対に間違いがなかった。

やがて汽車は米原へ到着した。ところが意外なことに、ここで扉が開けられた。最初はなにごとかと思ったが、外には二人の男が立っていた。夕刻になって薄暗くはなっていたが、その人達は兵隊ではなく、カーキ色のシャツを着た民間人であることがはっきり分った。なにか紙切れに書いたものを読みながら「今から名前を呼ばれた人は出て来て下さい。塚田〇〇さーん」と言った調子であった。次ぎ次ぎと五人が呼び出されて、再び扉は閉められた。車内はまたもとの暗闇に返ったが、承徳はこれですべてが呑み込めた気がした。外地へやられるのではなく、国内のどこかで働かされる様子であった。

米原駅を出てから汽車は停まったり走ったりしながら、長い時間をかけて、ようやく名古屋へ着いた。何回も連結機を離したり繋いだりしていたが、そのままそこで停車を続けた。時にはけたたましい汽笛を鳴らして、汽車が通過する音、またある時は、激しい雷を伴った夕立ちの音、外から聞えて来る音はいろいろであった。

停車をしてから一昼夜余りが過ぎた真昼であった。再び扉が開けられて、ここでは二十人余りが呼び出されて行った。もう後に残された者は、承徳を合わせて僅か六人であった。降りて行った中の一人は、持っていた乾パンの食い残りを車内へほうり返しながら「もうこんなものは要らんよ。持って行けや」と言って手を振っていた。しかしただちに扉は締められてしまった。

それから間もなく発車した。フルスピードで走っていたが、もう東海道線ではなかった。駅を通過する度に、「木曽……駅」と言う声が頻繁に聞えて、どうやらこんどは中央本線を走っている様子であった。

鉄橋を渡る音、トンネルを潜り抜ける音をしきりに聞きながら、かなり長い時間を乗り続けた。横になったり、うつらうつらと眠ったり、少人数に減らされた貨車の中は、なんとなく無気味なものであった。

もう朝方かな―、と思う時分に、「信州塩尻―」と言う声が聞える駅へ着いた。また停車を続けたので、みなは気を揉んだ。ここは鉄道の分岐点になっていたので、一体どちらへ曲るのか、それが問題であった。

二、三時間停車をした後、貨車は連結機を離して、違う列車に付け替えていた。しかし、こんどは貨物専用列車ではなく、客車の一番うしろに取り付けられていた。停車をするたびに、降りて来る乗客の足音、駅名を告げる駅員の声がすぐそこで聞えていた。列車は線路を換えて、長野の方へ向っていた。爽快な音を立てて走っていた。貨車ばかりを繋いだ汽車とは、まるで違う感じであった。駅へ停まってもすぐ発車して、気持ちをいらいらさせることも全くなかった。

ほどなく長野へ着いた。そこで第三回目の扉が開けられた。直ちに五人の名前が全部呼ばれたので、当然最後に自分の名前も呼ばれると思った承徳は、みなについて貨車を降りかけた。すると係員は慌てたように「あんたは違います」と言って、中へ押し返すなり急いで扉を閉めてしまった。

承徳は一瞬唖然とした。やっぱり自分の行くところは違っていたかと思うと、無性に僥くて、口惜しかった。いくら我慢をしようと思っても、胸のときめきは止らず、瞼に涙がいっぱい溜まって来た。

列車はまた大きく蒸気を吐き出して発車を始めた。承徳はいよいよ自分だけが、どこかの刑場へでも引かれて行くような気持ちであった。広くて暗い貨車の中へ、全く一人取り残されたのでは、気が狂う思いであった。みなが降りて行った扉に両手をかけて、力いっぱいゆさぶってみた。しかし分厚い鉄の扉はびくともしなかった。

それから僅かの時間が経った。停車をすると同時に、承徳が掴まって立っている扉を、誰かまだ大きな音を立てて外から開けようとしていた。驚いて手を離すなり後へさがって見ていると、やはり扉は完全に開けられた。扉を開けたのは駅員であったが、その後に戦闘帽を被って、半袖のシャツを着た労務者風の男が一人立っていた。承徳はやっと自分の番が来たと思ったが、余りにも急なことで嬉しいような怖いような妙な感じであった。

駅員に下車をせき立てられて、とにかく承徳はホームへ降り立った。吹田を出て、一週間近くも乗り続けて来た貨車は、すぐ発車して、承徳の前からみるみるうちに消えて行った。

待っていた男が、つかつかっと寄って来て「自分は加藤と言うんだ」と教えて、まだ何か二言三言話していたが、なんにも耳には入らなかった。それよりも承徳は、こんな田舎町へ自分を降ろして、一体どうするのかと気になった。しかし、ここもまだ目的地ではなく、どこかへ乗り換える地点であった。すでに向い側のホームでは別の汽車が、煙を吐いて待っていた。よく見ると、案内の表示板に「信州豊野・飯山線乗り場」と書いてあった。

出迎えに来た加藤と一緒に、飯山線へ乗り込んだ。こんどは貨車ではなく、一般の乗客と一緒であった。加藤と並んで席へ着くと汽車はすぐ豊野を発車した。

暗い牢獄と護送車の中で、半月余りも過して来た承徳には、いっぱいに開け放たれた車窓の景色が、目に滲み込む思いであった。走っている線路の両側には、いま鈴なりのリンゴ畑が延々と続いて、視野の届く限りは黒ずんだ緑であった。外の方へ顔を向けていると甘酸っぱいリンゴの香り、晩夏の太陽に蒸された草の匂いが、むんむんとしていた。

隣りの席に坐っている加藤に、引かれて行く自分の方から話かけて行くのは、何か不自然のようにも思えた。黙って外の景色に見とれていると、暫くしてから加藤の方から話しかけて来た。

「あんさん、この辺は初めてかのう」

この言葉になんとなく気易さを感じた承徳は「はい」と返事をしながら振り向いて、何よりも一番先に知りたかった、これから自分は一体どうなるのかと言うことを思いきって訊いてみた。

「僕はこれから、何をするんですか」と訊ねると、加藤は意外と詳しく説明をしてくれた。この辺の織物工場が、軍需工場に切り変わって、急に大量の電力が要るようになった。軍から捕虜を預かって発電のダムを建設中だが、なかなか仕事が思うように捗《はかど》らないと言うことであった。そして彼は最後に

「協力してくんさい。あんさんの仕事が待ってるで」

脱走犯に向って協力してくれと言うこともおかしな話であったが仕事が待っていると言うことは、なお更不可解なことであった。しかし、これでやっと承徳は、発電所の土木工事が自分を待っていることだけはわかった。

間もなく汽車は平野を離れて、狭い渓谷へ差しかかった。大川の岸をくねくねと曲りながら、なお奥へ奥へと走っていた。両側の切り立った山裾には、時々うっそうと生い茂った大桐林が見えて、処々に小さな集落もあった。

三時間近くも渓谷を走り続けて、夕方近く新潟県の十日町へ着いた。駅から現場までは近かった。すこし歩いて町外れへ出ると、すぐそこに、谷を堰き止める大堰堤工事が行われていた。夕日が眩しくて、よくは分らなかったが、かなり大勢の人夫が、一輪車で土を運んでいる模様であった。

だんだん近づいて行くと、承徳が想像していた工事現場とは、まるきり趣きが変っていた。いま工事が行われているダムの真下に、いろいろな形の、小屋ともバラックともつかない建物が、ごたごたと建ち並んで、しかもその周囲は、頑丈な鉄条網に取り巻かれていた。

低い谷底にあったので、道から見るとその全景がよく見えていた。出入口はたった一か所で、木材を組み合わせて鉄線を張った大きな扉が、いかめしいこの大柵を、いかにも象徴しているかのようであった。

その入口のすこし手前に、細高い建物が立っていて、どうやらそれが事務所のようであった。急な坂道を下りて、先ずその事務所へ入って行った。荒々しい男達が四、五人、椅子にかけて盛んに扇を動かしていたが、その人達に加藤は入るなり「監督官殿に報告して来るでのう」と言って、すぐその狭い段梯子を登って行った。言われる通り、承徳も一緒について登って行くと、下とはまるで感じの違う室であった。きれいに整頓が行き届いた部屋に、兵隊が三人坐っていた。そしてその前には、ぴかぴかと磨きのかかった重機関銃が、どっかり据えられて、はっと息が止まるほど厳めしい部屋であった。

承徳を入口に立たせておいて、加藤は中央に坐っている監督官の前へ近づいて行った。三人の兵隊のうち、監督官だけが少尉で、あとの二人は、二等兵であることがすぐ分った。承徳には全然聞えなかったが、加藤は小さな声でぼそぼそと、かなりの時間をかけて報告を続けていた。

加藤の報告を聞きながら、監督官はちらちら承徳の顔を見ていたが、承徳はますます恐怖心に包まれて行った。開け放された三方のガラス窓から方々がよく見えていた。真下のバラック群は無論のこと、夕陽をいっぱい浴びて仕事をしている現場までが、まるで手に取るようであった。谷間全体がどこにも死角はなく、機関銃の砲身は、いまみなが働いている現場に向けられていた。そしてその一直線上にある、真下のバラック群も同時に狙っているようであった。

一体ここはどんな所なのかと、身が縮む思いをせずにはいられなかった。

加藤はようやく報告が終って、入口へ戻って来た。承徳はそこでたった一度お辞儀をしただけで、再び下へ降りたが、何か全身の力が一度に抜けて行く思いであった。

加藤に連れられて、こんどは現場と寝る部屋を教えてもらうことになった。そこから現場までは広い道がついていて、とてもよく踏み馴らされていた。遠くから見ていたので、よく分らなかったが、近づいて見ると現場もまた意外な状景であった。

一輪の手押し車で土を運んでいる、ほとんどの人夫は、麦藁帽子にパンツをひとつ穿いているだけであった。あとは全くの裸で、ダムの底から土を積んで、力いっぱい踏ん張りながら、突き上げて来るその足元も、どろどろの土がついた素足であった。剝き出しにされたその肌の色は、まるで墨のように黒く、汗でぎらぎら光っていた。

南方から連れて来た捕虜だとばかり思った承徳は、

「南国の人は皮膚が強いんですな」

と感心しながら見ていると、加藤は首を振りながら、

「いやいや、これは南方やない。支那人やで。黒いのはここへ来てから日焼けをしたのや」

くどくど訊くわけにもいかなかったが、承徳にはどうしても納得がいかなかった。もう何年も前に蒋政権は重慶へ逃げ込んで、新たに出来た新政府に対しては、治外法権を撤廃した上に、完全な独立を認めていた。大東亜共栄圏、日支親善を謳い文句にしていた時代に、まさか支那の捕虜が日本にいるとは思えなかった。合点のいかないまま、承徳はしばらく黙っていたが、とにかくもう一度訊き直してみることにした。

「日本は重慶の奥まで攻めて行って、捕虜にして来たんですか」

「違う違う、こ奴らは八路軍の捕虜やが」

華北地方に出没して、執拗な抗日を続けていると聞く、共産軍遊撃隊八路軍の捕虜だと聞いて、承徳は充分に納得がいった。それと同時にまた、急激な胸騒ぎがして、不吉な予感が高まって来る思いであった。

共産軍捕虜と、同等の扱いをされると言うことは、行く行くは銃殺の恐れもあり、人間として最低の扱いを受けることも、先ず間違いがなかった。

これで承徳は、脱走罪最高の刑を課せられたと思った。しかしどうすることも出来なかった。どんなことになろうと仕方がなかった。

次に寝室の案内をしてもらった。当てがわれた部屋は意外と広かった。捕まった徴用の脱走者を受け容れるために、わざわざ建てたと加藤は説明していたが、なるほど捕虜達の寝室とはすこし違っていた。粗板ではあっても、ちゃんと四方を囲んで、いちおう部屋のような格好にはなっていた。そして加藤は「今のところは、あんさんが一人やで、気儘ぞん分に使わっしゃれ」と言った。

厳めしい同じ鉄条網の中に、百余名の捕虜を寝させると言うたくさんの小屋もすぐそこにあった。それは見るに耐えない、とてもみすぼらしいものであった。低いトタン屋根に、壁はほとんど藁と茅で取り巻いていた。部屋の中には一枚の毛布も見当らず、地面へ直かに、むしろを広々と敷き詰めていた。垢で黒光りのする四角い木の枕が、そこらに散乱して、鼻を摘まみたくなるような臭気を漂わせていた。

捕虜達の小屋が並んだほとんど中央に、食堂があった。食堂といっても四方に柱を立てて、屋根をつけてあるだけであった。周囲には壁もしきりもなく、真ん中に大きな平釜が二つ、どっかり据わっていた。

そこで二人の男が働いていた。その人らはさっき事務所に居た人達であった。何か糊のようなものを、二つの釜にいっぱい、ぐつぐつ炊いていた。その前で加藤は立ち止まって「これが食事やで、最初はなんじゃが、食べつけると結構おいしい。みんな自分の食器を持ってここへ並ぶが、あんさんは今日が初めてだで、今から食器を渡すで、先きに入れてもらわっしゃれ」

早速加藤は事務所へ行って、食器を持って来た。小さなスプンとアルミ製の平どんぶりがひとつずつであった。これは無くしたら代りがないと、何度も注意をしてから渡してくれた。

まだ盛んに沸騰している糊を、杓にいっぱい掬い上げて、持って来た食器に入れてくれた。自分の部屋へ帰って、これを食べてみると、塩加減がとてもよく、芳ばしい味がして、見かけとは大きな違いであった。どうやら大豆を荒挽きにして、粥に炊いたもののようであった。

六時ちょうどにサイレンが鳴った。現場から小屋へ雪崩れ込んで来る捕虜の群は、みんな仕事から解放された悦びに湧いていた。或る者は鼻唄を歌い、また或る者は自分ら同士で悪戯をし合いながら帰って来た。柵の中へ戻って来る彼らの態度は、どこにも迫害を堪え忍ぶ捕虜の群とは見えなかった。

各自が小屋の中から、食器を持って集まって来た。みるみるうちに食堂の前へ大行列を作った。それぞれ食器を突き出して、杓子で正確に計られた粥を、いっぱいずつ入れてもらっていた。中には杓の使い加減で、汲み上げた量が、少しでも杓から切れたものなら、絶対に食器を出して受け取ろうとはしなかった。手を振って、もう一度汲み直しを要求しながら、厳しい目付きで係員を睨みつけていた。一滴の粥と言えども、ここでは厳正な公正を守らなければならなかった。

その夜はなかなか寝つかれなかった。八路軍の捕虜収容所とは、想像もしなかったとんでもない処であった。承徳は夜通し高ぶって来る昂奮をどうすることも出来なかった。ただ暗い部屋の中で、一人寝たり起きたりしながら、夜を明かした。

朝のサイレンも六時きっかりであった。捕虜達の一番うしろについて、承徳も粥をもらいに行った。加藤を始め十余人の男達が、組長と書いた腕章を巻いて、そこらをうろうろしていた。これで加藤の地位は、組長の一人であることがよく分った。

承徳の顔を見るなり、加藤がつかつかと寄って来た。

「食事が済んだら、仕事の打ち合せがあるで、事務所まで来んさい」

熱い粥を持った承徳は、そのまま黙って頷いて見せた。

捕虜達は朝食が済むと、正しく五列横隊に並んで、点呼を受けていた。しかし彼らは、現場で働く時も、小屋へ帰って休む時も、終始一貫身に着けているものは、麦藁帽子と、パンツがひとつであった。

列をなして捕虜達が仕事に出かけたあと、言われた通り承徳は事務所へ行った。開け放された入口から入って行くと、昨日二階の監視所におった監督官が、今日はちゃんと軍装を整えて、事務所の真ん中に立っていた。兵隊が一人と組長達は、入口近くに並んでいて何か異様な感じであった。

承徳が入って行くと、待ちかねていたかのように兵隊は、その場で直ちに「きょうつけ」をするよう命じた。慌てて承徳がきょうつけをすると、監督官は持っていた紙切れをちらちら見ながら
「陸軍管理工場吉沢金属工業所の元徴用工、鄭承徳、徴用脱走犯として、本日より本工事現場に収容することになった。只今から任務を言い渡すが、忠実に遂行しない場合は、ただちに国賊として処分することになっている。任務、本工事現場の鍛冶工を命ずる」

文句こそは厳めしかったが、ぼそぼそとまるで本を読むような調子であった。これを完全に言い渡

すと、監督官も兵隊も、さっさと二階へ引き揚げていた。

承徳は思った。これで名実ともに、はっきり脱走犯と言う肩書がついた。でも、いつまでも黙って生贄《いけにえ》にされるよりも、むしろこの方が、気持ちの安定がつくと思った。

鍛冶工というから、ここに一体どんな鍛冶仕事があるのかと思って、一緒に並んで聞いていた加藤に聞いてみた。すると彼は現場へ行って説明をすると言いながら先に立って出かけて行った。

ついて行くと、工事場近くの山裾に、小さな小屋掛けをして作られた吹子場があった。そしてそこには、つるはしの折れたものからスコップの裂けたもの、石を割るノミの欠けたものに至るまで、山と積まれていた。これでもまだ、まともに現場で使う道具があるのかと思うほどたくさんの数であった。しかしそれは、充分に熟練の足ったほんとうの鍛冶屋でないと、とても素人に出来る仕事ではなかった。不思議に思った承徳は、黙って辺りを見廻しながら立っていると、加藤の方から説明を始めた。

三月ほど前に、専属の鍛冶屋が肺を冒されて、郷里へ帰ってしまった。その間吹子場が止まって実に困ったと言う話を、ながながとしてから「あんさんの来るのを、待ちかねていたんやで」と言っていた。

ますます不思議に思った承徳は
「僕に鍛冶職もあることをどうして知ってるんですか」

「実はそれじゃが」と前置きしてから、仔細の事情を語り出した。

鍛冶屋がいなくなって困っていたところへ、最近憲兵隊から、労働力不足合理化を計るため、仕事を怠けて職場を離れた、不良労務者を狩り集め、二度と逃亡されないよう管理の出来る職域に、優先的に配置をすると言う通達があった。ちょうど大阪の憲兵隊に、ここの監督官の知人がいたので、工業都市大阪ならきっと鍛冶屋の逃亡者もいると思って、早速そこへ頼んであった。ところが、一月ほど前に返事が来て、労務手帳に「旋盤工・特殊技能鍛冶工」とある者が、現在逃亡中だから、逮捕次第送ると言って来たと言う。

これを聞いて承徳は驚いた。一月前と言えば、自分はまだ木津で百姓をしていた時であった。その時からすでに、この現場に狙われていたかと思うと、背筋が寒くなる思いであった。

加藤はなお話を続けて「監督官殿は職務上、きついことも言いなすったが、みながあんさんの待遇は考えていますで」と言いながら白い歯を剝き出してお上手を言った。

承徳もよく考えてみれば、ここまで来てからでは、もうどうすることも出来なかった。もしここで、一口でも楯突こうものなら、いつまでも睨まれて、より以上の虐待を受けるだけが、関の山だと思った。

早速吹子の修理から始めていった。錆びついた鉄床、崩れかけた火床、焼きを入れる水溜めまでが壊れていて、どれひとつ満足なものはなかった。

準備を整えて、鍛冶屋仕事を始めたのは、それから三日も後であった。助手には捕虜の中から少し日本語が判る青年が一人選ばれて来た。首にぶら下げた番号札には、第四六号と書いてあった。彼は来るなり麦藁帽子を取って、礼儀正しくお辞儀をした。機関銃を向けられた柵の中で、地獄のような労働を強いられながら、丁寧な挨拶などは不釣合いであった。汚れてはいても、きちんとズボンを穿き、ちゃんとシャツを着ているだけでも、いくらか自分の方が上だと思った承徳は、改まって答礼はしなかった。

その日から四六号に、助手の仕事を教えて行った。コークスの割り方から、火床の手入れ、特に大ハンマーの使い方には、充分な時間をかけた。しかしなかなか思うようにはいかなかった。腰にしっかり力を入れて、正しくハンマーを振り下ろす加減を教えるだけでも容易ではなかった。

二人とも夏の暑さに耐えながら、よく働いた。誰のためにでも、何のためにではなく、ただ仕事のために働いた。次から次へと追い立てられて、捕虜とか囚人とか、敵とか味方とかの意識はなくなっていた。

一月余りが経つと、溜まっていた仕事も、あらかた、山が見えて来た。現場から矢のような催促もなく、今焼きを入れたばかりのつるはしやノミを、待ちかねていたかのように、取りにも来なくなった。サイレンからサイレンまで、終始吹き続けていた吹子の火も、最近は消えている時間の方が多かった。

九月も半ばが過ぎて、めっきり涼しくなった。仕事の方も朝昼、二三丁ずつ集まって来る道具を直せば、あとは別段用事もなかった。みなが働いているのを目の前に見ながら、ぼんやり遊んでいるのが、仲間に対して義理が悪いと思ったのか、四六号は時々立ち上って、現場へ行っては戻って来た。時たま彼はまた、たどたどしい日本語に手真似を交えながら、承徳の前で、なかなかの雄弁をふるうこともあった。

彼の故郷は、北京から汽車で六日もかかる大原の奥で、そこは毎年春になると、ケシの花がいっぱい咲くと言う。所謂アヘンの産地だそうだが、日本軍の砲撃を受けて、家族のほとんどが死んでしまった。ただ一人妹が生き残って、今でも自分の帰りを待っていると言いながら、つい最近も、満開のケシ畑の中を、この妹に追い廻された夢を見たと言っていた。

仕事が減って体は楽になった。そして承徳は広い部屋にいつまでも一人でいるのも結構であった。しかし、何ひとつ社会の情報を聞くことは出来なかった。新聞や雑誌は無論のこと、ラジオの声も聞えて来なかった。二ヵ月余りも聾桟敷《つんぼさじき》に置かれてしまうと、全く自分は遙かに遠い、どこか違う国にでもいるような気持ちであった。

それよりも、その後不良労務者が憲兵に捕まって、二度とここへは来ないと言うことであった。折角部屋まで用意して、てぐすねを引いて待っているのに、あとは一人も来ないと言うことは、なにか重大な理由がありそうにも思えた。もし一人でも入って来たら、一番気になる戦況のひとつも聞けると思っていたのが、どうやら無駄のようであった。

時たま鍛冶場へも廻って来る加藤に「日本はもうサイパンを取り返しましたか」と訊いてみても、

彼は手を振って「ここでは、そんな話一切出来んことになってるで」と言ってそそくさと逃げて行った。

めっきり秋も深まって、朝夕は肌寒さをさえ感じるようになった。ある日の昼過ぎ現場から見ていると、二台のトラックが柵の中へ入って来て、何か大きな荷物を盛んに降ろしていた。その時はまだ何を降ろしているのか分らなかったが、夕刻小屋へ帰ると、全員に服が一着と、毛布が一枚ずつ配られた。そのままなら冬は凍死も覚悟をしていた捕虜達は悦んだ。貰ったばかりの毛布を頭に乗せてにこにこ笑う者、日に焼き込んだ黒い肌に、新しいナッパ服を引っ掛けて、じっと眺めている者、動作はみなまちまちであった。

その翌朝であった。出勤して来るなり四六号は、庖丁を一振りぜひ作ってくれと言い出した。最初は何に使うのかと思って驚いたが、話をよく聞いてみると、昨夜柵の中へ大きな犬が一匹迷い込んで来た。これを捕えてすでに殺してあるが、今夜料理をしたいと言うことであった。ついでに給食の粥を炊く平釜も使いたいので、事務所へ行って、それも頼んでくれと言った。

彼らの捕虜生活もここまで来れば、いよいよ板についたものだと思った承徳は、大きく頷いてすべてを引き受けた。使いちびたノミを焼いて、早速庖丁を作った。皮剝きに、骨から肉を捌く時に使う捌き庖丁、特に念を入れて一丁ずつ、二丁を作って渡した。すると彼は昼休みに、昨日貰ったばかりの新しい服に隠して、無事に小屋へ持ち込んで行った。

昼食が済んで、承徳もすぐ事務所へ行ってみた。ちょうど監督官も昼休みで、みなと一緒にそこで雑談をしていた。入口へ入るなり出来るだけ大きな声で承徳は言った。

「捕虜達が昨夜、柵の中へ迷い込んで来た野良犬を一匹捕えました。これを今夜炊いて食べたいのですが、給食の平釜を使わせて下さい」

最初はみな呆然とした顔をして、承徳をじっと見ていたが、しばらくしてから監督官が静かに頭を掻きながら

「うん、よかろう。奴らも栄養を取らんと、能率も上るまい」

即決で許可が下りたので、承徳は早速小屋へ帰って、四六号にこれを伝えた。

彼らは一体どんな料理をするのか、その日は日の暮れるのが待ち遠しかった。夕食が済んで薄暗くなりかけた頃、いよいよ犬の料理が始まった。しかし承徳が思っていた料理法とはまるっきり変っていた。皮を剥いたり骨から肉を捌いたり、そんな面倒臭いことは一切しなかった。まず犬の腹をたち割って、内臓を取り去った。それを棒に吊下げて、下から藁や干し草のような物を燃やしていた。犬の毛がきれいに燃えてしまったら、こんどは焼けただれた真っ黒い肌を、藁で一生懸命こすっていた。これになかなかのコツがあるのか、大勢が寄ってたかって、万遍なく丁寧に擦っていた。それから井戸端へ持って行って水洗いをすると、焼けて黒かった犬は白く変っていた。こんどは首と四つの足を切り離し、胴体もいくつかに切ってから平釜へほうり込んだ。そこへ水を溢れるほど満たして、何時間も何時間も炊き続けていた。

夜が深々と更けて来て、とても承徳は起きて料理を待てなかった。遂に部屋へ帰って眠ってしまったが、ほとんど真夜中になって起しに来てくれた。食器を持って行って見ると、充分に炊き出された肉の塊りは、すでに釜から引き上げられて、莚の上へ拡げてあった。承徳が食器を突き出すと、まずスープを入れて、それから莚の肉の塊りを、適当に指先でちょいとちぎって入れてくれた。皮も剝かずに骨つきのままで炊いた肉が、なんと簡単に千切れるものだと思った。二本の指先で、まるで焼いた魚の身でも、摘まみ上げるような感じであった。

平釜の近くにローソクが一本立てられているだけで、あとは全くの暗がりであった。手にスープを持って、足で地面を探りながら、捕虜達が食べている間へ坐って食べてみた。久し振りの肉汁はうまかった。別にいやな臭いもなく、喉のかさかさが一度に取れて行く思いであった。

長い間大豆の粥しか知らない捕虜達も、まるで薬でも飲むように、スープをすすり上げる音が、闇の中からあっちこっちに聞えていた。

それからは、時々夜中に起こされて、犬のスープをよばれた。一度味を覚えた彼らは、犬が迷い込んで来るのを待てなかった。蛙を餌にして、柵のぐるりへいくつもいくつも罠をしかけてあると言うことであった。

この地方は冬になると、豪雪が来るというので、捕虜達の小屋にも冬支度が始まった。銃を持った兵隊に監視されながら、山から枯草を刈って運んでいた。それを寝床の下へ敷いたり、周囲の壁を分が鳴り出した。最初は驚いてうろうろしてしまったが、よく見ると、確かに事務所の二階に据えている機関銃が、白い煙を吐いていた。窓から煙がもやもや出ているだけで、一体どちらへ向けて撃っているのかは分らなかった。しかし、銃声が止んでしばらくすると、道の上の藪から二人の男が、両手を上げて出て来た。こんどはそこへ一人の兵隊が駈け登っていた。手を上げて出て来た二人の男には構わず、兵隊はそのまま藪の中へ飛び込んで行った。間もなく兵隊はまた一人、藪の中から引きずり出して来た。かなりの距離があったのでよくは分らなかったがどうやら、その男はすでに死んでいる様子であった。

あっと言う間の出来ごとであった。全神経が硬直して、そのまま棒立ちになってしまった。ただじっと息を殺してこれを見詰めた。しかしよく見ると、そこは捕虜達も承徳も行ってはならない場所であった。越えてはならない境界線を遙かに越えていた。

寝起きをする小屋の柵ほど厳重ではなかったが、仕事をする現場にも柵はあった。山裾を遠巻きにして、針金を張り廻らした垣を、許可なく一歩でも越えた者は、完全な脱走犯と見做して、直ちに制裁されることになっていた。

この真っ昼間に、脱走を企てた彼らの愚かさが、承徳は腹が立つほど不可解であった。言葉も知らず、この辺の地理にも疎い筈の彼らが、脱走をして一体何処へ行く積りだったのかと思うと、なお更不思議であった。

技士達と打ち合せをしていた組長らも慌ただしく動き出した。事務所の方へ走って行く者、事件現場へ飛んで行く者、彼らもかなり驚いた様子であった。

手を上げて出て来た二人は、ただちに事務所へ連れ込まれたが、草むらへ引き出されていた男は、ほどなく車が来て、どこかへ運ばれて行った。

突発的な事件に、肝ッ玉を潰され、恐怖のどん底へ突き落とされた感じであった。事件現場の近くまで見に行った四六号が戻って来たので、承徳は早速訊いてみた。

「前から脱走の計画はあったのか」

彼は即座に首を振って、自分は全然何も知らないと答えた。しかし今殺された男は、八路軍の中でも、優秀な指導者で、趙東換とか言う、三十過ぎの非常に知能的な男であったと言う。彼の功績はここでもよく話題に上るが、実に残念でならないと言いながら、地面へ坐り込んでその前歴を語り出した。

本国で彼が率いていた部隊は、僅か三十人足らずの小部隊であった。やはり大原の奥がその根拠地で、勇敢に日本軍と戦った戦歴も多いが、それよりも、彼の英知と技能が八路軍に大きく貢献した。

捕虜になる前には、百軒余りの部落へ立て籠って、常時は百姓を装うていたが、実はそこで八路軍に納める兵器を作っていた。土塀に囲まれた部落の中には、農家が密集していて、外から見ただけでは、とても平和な村であった。ところがその中の何軒かが軍需工場で、足踏みの旋盤がたくさん据るらしい」と言って苦笑をしていた。

一人になって承徳は思った。それにしても人が殺されるほどの、大事件を起したにしては、余りにも懲罰が軽すぎた。もしここで自分も脱走をしたとしたら、一体どうなるのだろうと、真剣に考えてみたくなった。自分の場合は、捕まったとしても、刑場へ引かれて行くより、またここへ引き戻されて、働かされる可能性が強かった。後にも先にも、鍛冶屋はなく、自分が居なくなれば、また現場は混乱を起すことは必至であった。それでなくとも今の状勢は、とにもかくにも働かすことが優先で、処刑はその後であることが、この二人の例を見ても明白であった。もし脱走をしくじって捕まったとしても、処刑を免れることは、十中八九間違いはなかった。弁明のしように依ってはひょっとしたら、ほとんど無罪に等しい状態で、またここへ引き戻されるくらいが、関の山だと思った。しかしこのまま、何時までもじっとしていたのでは、まさしく俎上《そじょう》に載った鯉のたぐいであった。働くだけ働かされて、戦争が終ったら、非国民と言う烙印を押された上に、こんどこそ、どんな処刑を受けるか、その予測は出来なかった。脱走をするなら、今が一番危険率の低い時期だと思った。首尾よく成功をすれば、都会の貧民街にでも山奥の土木飯場にでも、身を隠す場所はいくらもあった。しくじってもよい。何もせずに何時までもこのままじっとしていて、生涯に悔いを残すよりは、柵の外へ飛び出して、出来ることなら力いっぱい逃げ廻ってみたかった。

翌朝は雨も止んだ。その日も相変らず捕虜達は、一輪車で一生懸命土を運んでいた。人が殺されたことなどは、まるでなかったかのように、いつもの通りみなは働かされていた。鞭を持った組長らが、処々に立ってみなを追い廻している姿が、今日に限って承徳には、まるで鬼のようにも見えてならなかった。すこしでも仕事を怠けると容赦なく捕虜を鞭で打ちまくることは茶飯事であったが、今朝も早々に一人、すぐ目の前で打たれていた。

一体今日は何月何日なのか、ここに居る限りは過ぎて行く日々さえはっきりしなかった。しかしもう、かなり冬の気配は迫っていた。昨日の雨が山頂では雪になったのか、遠くに見える山の頂が、くっきりと白くなっていた。近くの農家も百姓仕事が終って、冬仕度をしているのか、頬被りをした四、五人の男達が、肥桶《こえおけ》をいっぱい積んだ車を引いて来て、盛んに収容所の便所を汲み出していた。遠くから見ていると、ひとつの肥桶を二人が提げて、車に乗せているその恰好は、とても若い人の仕草ではなかった。腰をかがめて、つらつら持ち上げている姿は、なんとなく痛ましささえ感じさせるものがあった。

しかし承徳は気がついてよく見ると、汲み取り口は意外なところに付いていた。その人達は柵の外側に立って、道から肥を汲み上げていた。臭い便所の汲み取り口だけが、柵の外へ通じていたのかと思うと、何とも言えない皮肉な感じであった。

遠くから見ていても、とても大きな肥杓であった。二、三杯汲み上げただけで、肥桶にいっぱいになるほど、大きな肥杓であった。あんな大きな肥杓を自由に出し入れ出来るほど、大きな穴が開いているのなら、そこから人間の一人位は、充分に這い出ることも可能だと思った。そこから何とか、脱走の方法はないものかと、ついじっと考えずにはいられなかった。

しかしそれはむつかしい問題であった。百人余りもいる便所の肥溜めは、一旦落ち込んだ限りは、二度と這い上れないほど深く、その幅も人間わざでは、とても飛び越すことは無理であった。もし落ち込んだら、命にもかかわることで、諦めるより道はなかった。

翌日もそのまた翌日も、その人達は盛んに汲み取りを続けていた。夏中溜めた大きな肥溜めは、なかなか減りそうもなかった。たまたま便所へ行って、ちらっと覗いて見ても、また七、八割方はそのまま残っていた。

ところがそこへ突然、異常寒波が急激に襲って来た。一晩のうちに何もかもが凍りついてしまった。それからと言うものは毎日寒さが続いて、時には激しく雪も降っていた。寝る時は服を着たまま、毛布にくるまっていても、寒さは全身にしんしんとこたえて来た。

特に夜明け前になると、その寒さはまた格別であった。朝方になっていったん目を覚ますと、もう後はなかなか寝つかれなかった。そのたびに承徳は起き上って、全身を動かして体操をした。一生懸命体を動かしているうちに、充分に温もって来たら、またすぐ毛布を被って寝ることにした。

いつも目が覚める時刻は、大体決まっていた。十日町の駅から、夜明け前に発車する一番列車の汽笛が、はっきり聞える時であった。発車して行く蒸気の音をかすかに聞きながら承徳は思った。もし自分がここから脱け出して、あの汽車に乗ったとしたら、それからの運命はどうなるだろうと思うと、もう居ても立ってもいられない気持ちであった。たちまちいろいろな空想が頭を駆け廻って、もう二度と寝つくことは出来なかった。

早速、毛布から抜け出して、便所へ行ってみた。いつも壁に立て掛けてあった長い丸太で、便器の底を突いてみた。かんかんに凍りついて、とても人が乗った位では、割れそうなものではなかった。これなら自分の覚悟次第で何時でも脱走は出来ると思った。

部屋へ帰って、考え考え、考え抜いた。すっかり夜が明けるまで考え続けた。とにかくどうなろうと、男として知恵と根気の続く限り、逃げて逃げて逃げおおせてみることが、今の自分の運命に、一番適当だと思った。きっぱり覚悟をしてしまうと案外度胸が据わって、意外と気軽く脱走の決心をすることが出来た。

承徳は早速、服と一緒にぐるぐる巻いてあった戦闘帽を取り出してみた。手垢がついてどろどろに汚れたまま持ち廻っていたが、万一の場合を考えて、そのへりには十円札を三枚縫い込んであった。これを手探りで調べてみると、間違いなく元通り入っていた。

ここへ来てからは、全然給料をもらうことは出来なかった。ある日事務所へ呼ばれて「給料をここでは渡せないことになっている。家があれば送金は出来るが、君の場合、どこか知り合いでもないのか」と訊かれたが、自分がこんな処にいることを誰にも知られたくなかった承徳は、即座に首を横に振ってしまった。「それなら時期がくるまでここで預かっておく」と言われて、それっきりであった。

いよいよ決行の日取りを決めなければならなかった。どうせやるなら一日でも早い方がよいと思った。ぐずぐずすると豪雪に見舞われ、ただ一つの交通機関、鉄道が止まる恐れがあった。

夜が明けたばかりの外へ出て見ると、黒い雪雲が低く垂れて、一刻も早く決行しないと、また一年釘付けになるかも知れなかった。いろいろと思案の果て、とうとう明朝決行を堅く心に決めた。

その日は現場で仕事をしながらも、心の中で緻密な計算をしてみた。先ず汲み取り口から柵の外へ出ることは、別に問題はなかった。あとは、監視所の正面を通る時だけ、すこし気を付けなければならなかったが、それもわざわざ窓際から覗かれない限り、暗闇の中で見つかる気づかいはなかった。ただ気になることは駅へ着いて、汽車に乗る時であった。もし形勢が悪ければ駅外れに隠れていて、そこから飛び乗ることも覚悟をしなければならなかった。

何とかして、上手に汽車へ乗りさえすれば、すべては成功であった。早くとも八時か九時にならないと、兵隊も組長らも脱走に気がつく筈はなかった。その時はすでに、かんたんに手配の届かない、遠い処まで行けることは、ほぼ確実であった。

承徳はこんなことを予測したが、最後の一日を務めた。まだ雪は降らなかったが、夜になっても、空はどんより曇っていた。

その晩はほとんど眠らなかった。捕虜達と一緒にここで貰った服は、シャツの代りに下へ着込んで、その上から、来る時に着て来た自分の服を着た。そして、そのまま毛布にくるまって、出て行く時間を待ったが、胸の動悸は激しく打っていた。

ときたま外の様子も窺って見た。全く静かで絶好の闇夜であった。入口の隙間からじっと監視所を覗いてみたが、点いていた小さな灯も消えて、あとはもうマッチを磨って煙草を吸う気配もなかった。もうよほど夜が更けた証拠だと思ったが、なかなか勘だけで時間を決めることはむつかしかった。

いよいよここと思う時を見計らって、静かに部屋を出て行った。全身に汗が滲むような瞬間であった。しっかり意識を取り直して、もう一度勇気を出した。

捕虜達が寝ている小屋の間を抜けて、こっそり便所へ入って行った。ただ丸太を横に渡してあるだけの踏み板をこじ寄せて、そこから肥溜めへ降り立った。予測した通り、肥溜はかちかちに凍りついて、びくともしなかった。真っ暗い中を手探りで、汲み取り口へ近づくと、かすかに蓋の隙間が見えていた。これをそっと横に開いてじっと外を覗いて見た。するとその外側は確かに道であった。

穴から首を突き出して、音ひとつ立てずに難なく道へ這い上った。まず脱出最初の難関を見事に通過した。これで承徳は、やっと自信がついた思いであった。

それにしても、これほどかんたんに柵の外へ出られるものなら、この穴はとても貴重な穴だと思った。承徳はもう一度屈んで、開け放した木の蓋を、元通りきちんと閉め直しておいた。

次は監視所の前であった。闇に包まれた監視所をじっと見上げると、なんとなく胸騒ぎはしたが、と陸軍記念日のたびに日本地図をかかげて奉天大会戦の話を面白おかしくしてくれた歴史の河山先生は、時代の裁きを覚悟したもののようにうつ向いて廊下を歩いて行く。

その河山先生と正反対で、会議のたびに何かにつけて議論の火花を散らしたときく急進的な英語の女教師更科先生は例によって質素な木綿の標準服で、髪は根元でブツリと切り、生徒と紛うお下げ姿で、英書をよみながら敢えて先見を誇る風でもなく二階にのぼって行く。

いつも変らぬ湖だけが西窓のはるか遠く手鏡のように光ってあたりの山を倒《さかさ》にうつしていたが、教室内には、機械類をのぞいたあとの床に大穴があき、所々には、早速東京へ引上げてしまった疎開生徒の机が主を失っていた。

落着きのない冬がやって来て、珠子たちの必死な薪引きの作業にもかかわらず、ストーブの煙は朝のうちしか昇らなかった。

硯を火で温めてから、湯をさして墨を磨るのに、黒いアイスクリームのような氷が磨る墨のさきに溜ってくるような苛烈な冬だった。珠子は、毎日継ぎだらけの足袋に下駄ばきで手袋もはめずに通学した。

「お前のゴム長靴をこないだ修繕して貰おうと思ったら、お米一升に五円だというんだよ。あの長靴がなくっちゃあんな高い所まで雪の道をのぼって行くのは大変じゃないか」

と母は謎のようなことを言う。一と度珠子がお金を稼いで来た味を覚えてから、母はむしろ月謝のかかる授業よりも時には特配などもあった勤労動員の頃を懐かしむ風がありありと見えた。

「私、そんなに高い長靴の修繕なぞいいのよ。足なんぞ雪で濡れれば、尚暖かい位ですもの」

とは言うものの足の指には幾つも霜やけができて、炬燵に当るたびに飛び上りたいほどの痒さだった。

「もう一年の辛抱だとは思うけれどね。何しろこの物価じゃあ——ことしは田圃を小作からとって少し自分で作ろうと思っていたのに、農地委員の人には反対されるし、小作は四百円も離作料をよこせというし、ほんとうに、どうにもならない。保さえ生きていればねえ……」

辛抱づよい母がこんなことを言い出すのはよくよくのことと珠子は察したが、彼女はなお何物をも徹さずにはおかない一途な向学心で、押切らずには居られなかった。

「いいわ。お母さん。借金でもしておいて頂戴。来年卒業したら私が早速かせいで払うから。死んだ保兄さんに代って」

「借金たってお前、この上貸す人があるもんかね。田だってもう廉くしか売れないことになってしまったし、保は戦死してしまったしするのに」

「あら。そんなに借金があるんですか」

と言って珠子は、高い崖から突落されたような気持でうなだれた。

その会話を交わした朝は霧が深くて、木々には低温を語る樹氷がついて、白珊瑚のように美しかっもしか、自分が学校をやめて働くとしたら、何の職業が自分のために椅子をあけてくれているだろうかと思って、学校への行き交いに覗き込んで見ると、ところ天屋の給仕女も、映画館の出札も急に身近な親しいものと見えた。顔に猿のような紅を塗って、人絹の着物をだらりと着て歩いている酒場の女さえ、以前のようにただ厭わしいものには思えなくなった。むしろ、今まで自分の無知から来た傲慢の目で彼女達を見たことをただひたすらに宥してもらいたいようなつつましい悲しい気持で向った。

裁縫室の窓からは春の青い湖が雪どけの冷たい水を湛えていつも変らぬ無表情に見えた。裁縫の自習の時間には、珠子はやけた鏝《こて》をもったまま、湖上をこいで行く公魚《わかさぎ》の漁船を眺めていた。男袴の雛形を学期内に作り上げて、新学期から実物に取りかかることになっていたが、愚かしい穴をしているという意識から離れることができないのだった。

先生がいないとつい皆気持が軽くて、思い思いに喋っていたが、珠子はふとすぐ後の席でこんな言葉を耳にした。

「B組の吉田さんはお父さんの戦死確認の電報が来たので、この学期いっぱいで退学ですって」

「あら、井上さんもよ。あの方のお父様は軍属で支那にいらしたんだけれど、何か伝染病で亡くなったらしいのよ」

B組の井上さんは、珠子と一緒に更科先生に「オセロ」を講義して貰っていた一人で、来年は女高師を受験するつもりだと自分でも自信をもって珠子に打明けたことがある秀才だった。

そういえば先日から休んで見えないことを珠子は淋しく思っていたが、急に同級生から遠のいたこの頃の気持では学校からかえりに寄ってみる気にもならなかったのだった。

「一寸、井上さんのお話、誰からおききになったの」

珠子は、思わず後を向いてその会話の中に割り込まずには居れなかった。

「あの方のお隣に病院の薬局に出ている人があるのよ。その人に父がきいて来たんだけれど……何だかこの町を引上げて、お母さんの国へ行って百姓になるとかいう話だわ」

「お百姓に——」

珠子はつぶやいた。もし、母がある小作人に四百円の離作料を払うことができれば、珠子も母と二人で、ことしからでも畑に馬鈴薯つくりをはじめてよいと思っていたのだった。

「みんな、戦争がさせたわざね」

珠子は、自分の心に燃えている向学心と思いくらべながら、しみじみ言った。そういいながらも自分の気持の芯にはどうしても学問の前途を思い詮めていない一筋がとおっていることをつくづく感じるのだった。

その日、珠子は当番で、掃除がすんで誰もいなくなった教室に、一人居残って更科先生にたのまれて謄写の原紙を切った。

退学する仲間があることがわかったとて、少しも自分の不幸の償いにはならなかったが、何だか頻《しきり》に心慰まるものがあった。

ひっそりとした教室には、長いカーテンがだらりと垂れて、掃除の行きとどいた机の上は黒光りに光っていた。

こと、こと、こと、と静まった建物全体にひびく微かな足音がし更科先生が入って来た。

「あら、まだしていたんですか。そんなに急がないんだからきょうはその位にしてかえって頂戴。すみませんでしたね」

先生は、インクのついた指先で、机の上に散っている原紙を集めながら、

「貴女この頃何か考えていることがありはしない?」

とやさしく言って珠子の目の中を覗き込んだ。珠子は身動きならない呪縛にでもかかったようにうろたえて先生を見返したがその目の中へ、全身の思いが殺到してくるのを押えられなかった。

「私、この頃、とても色々考えて苦しくって苦しくって堪らないんですもの。先生、天才というものは、この世に生れるだけは無数に生れているのではないでしょうか。ただ、それを立派に成長させるだけの環境がそなわっていないために女給になってしまったり、女中になってしまったりして自分の才能を知ることもなしに一生を……」

とそこまで言うと唇がぶるぶるふるえて、きれいに澄んだ涙が制服の胸にばらばらと落ちた。

「おや、あなたはそんなことを考えていらしったの。ほんとうに、実はあなたの言うとおりなんで

す。どんなよい素質があったって、それをのばしてやるだけの生活条件がなくっちゃね」

先生はじっと珠子を見詰めながら、そっと肩に手を置いた。

「実は、私もね、そういうようなことについて、この頃色色考えたり読んだりしているのよ。近いうちに結論が出そうだわ」

先生は、何か、たしかな心の拠り所のあるらしい目で正面からしっかりと珠子を見た。珠子は、それだけ言ってしまうと、気持がさっぱりと整理されて、どんな境遇にも自分からすすんで行けるようなすがすがしさを覚えた。

新学期を前にして、学校は僅かばかり休みになった。その間に入学試験や先生の入れ替えやいろいろな事が行われる筈であった。

「考えてみるともう一年だからね、何とか痩我慢して、卒業だけはするかい」

母は眼鏡をかけて縫物をしながら、電燈の下で本をよんでいる珠子に相談するように話しかけた。

「どうでもお母さんの都合できめて頂戴な。私は、学校へは行かなくても働きながら勉強する心がまえはできたつもりなんですから」

執著を学問に対してもっていた珠子の答にしては、少し意外なものを母は受けとって、却って不安な目つきで珠子を見た。

「私はゆうべねて考えたんだけれど、やっぱり卒業だけはして貰おうかと思うんだよ。卒業しておいた方が働くにしても給料がいいっていうし……」

「じゃあ、そうしましょう」

ときめてみると、珠子はやはり嬉しい気持がしみじみと湧いてくるのを覚えた。

珠子は、新学期に要る教科書が来たかどうか本屋へききに行ったついでに、急に寛闊《かんかつ》になった気持でB組の井上さんの家をたずねてみることにした。

町の郊外に近い珠子の家から、井上さんの家に行く広い大通りは駅にそって、去年強制疎開した広い空地と並行していた。

そこには簡単な台の上に、ごちゃごちゃした日用品をうる闇市ができて「おでん」だの「みつ豆おしるこ」だのとかいた白金巾《カナキン》の新しいのれんも湖面から来る風にひらひらひるがえっていた。

ある屋台には、水色に半透明の烏賊《いか》が薮睨みのような黒い目をきょとんとさせてざるに並んでいた。そばに赤黒い煮汁が泉の湧くような勢でぐらぐら煮立っているのは、それをこれから煮る用意なのであろう。

緑色の頭巾をかぶった娘が下かがみになって何かいじっていたが、ひょっと起上った所を見ると、それは井上さんだった。

「あら！」

と二人は言って、暫くお互を見合った。

珠子は、井上さんの気持に先廻りをして、自分の顔が赤くなったのを感じた。しかし、井上さんは案外恥しそうな顔もせず、珠子の手にある新刊の文学雑誌の方に気をとられているのだった。

「いつから?」

と珠子はきいた。

「前から母が言っていたけれど、屋台がなかなか手に入らなかったもんだから、はじめたのは十日ばかり前からよ」

「ずい分もうかる?」

珠子は、相手の落ちついた態度につれて大人のような口調でたずねた。さすがに井上さんは少し赤くなって、あっはっはと笑った。

「はじめはいやだったでしょう」

井上さんがこれまでの決心をする心の道筋は、珠子も一度通ったことのある道筋だった。そう思うと心から同情した。

「母は、食糧の問題もあるし、田舎へ行って百姓すると言っていたんだけれど、土地が手に入らないもんだからこんなことにしたのよ。はじめは、そりゃあ恥しかったわ。お客様が来やしないかと思って、どきどきしちゃって、まるで立っていられないのよ」

「でも勇敢だわねえ」

「生きる為よ」

井上さんは冷静な口調でそう言った。それが何だか幾度も言い慣れた言葉のように聞えて、珠子は一寸淋しかった。たった十日の商売の間に、井上さんの気持の肌には、一と皮薄い皮が張ったような感じだった。

深い物思いに囚えられながら珠子は戻って来た。

「生きるため」この冷厳な言葉は、鑿岩機《さくがんき》のさきについたダイヤモンドのようにどんな厚いモラルの壁でも突きとおしてどういう道筋をでももぐって通行できるパス・ポートなのかしら？　この証紙が貼ってあれば、人間のどんな乱れや崩れもそのまま宥されて通用するのかしら？

母のかげからちらちらと世間を見ていたときには想像もしなかったいろいろな問題が世の中には錯綜しているのに珠子はこの頃目を瞠ることが多いのだった。

新学期はやって来た。

校庭の桜の蕾が大分赤くふくらんで枝々が何だか熱っぽいように見える下に、新入生の種々雑多な服装や色彩が織りまじって始業の鐘を待っていた。珠子は、制服の紺のセーラー服を別に美しいとも思っていなかったが、毛糸のセーターや銘仙の標準服で登校して来た幼い人達を見ると、年ごとに乱れて行く服装から欠乏が手にとるように見えて悲しかった。

やがて鐘は鳴り、窓硝子の破れから吹き込む早春の風でプログラムを掲げた紙がはたはたとめくれながら講堂で入学式ははじまった。

いろいろな思いのあとではあったけれど、とにかく新しい学期のはじめに立っているという新しい感激が湧いて、珠子は、勤労動員の間のおくれをこの年いっぱいに取返すことを心に誓った。

式は終った。しかし、教頭は解散を宣せずに、

「それではこれから更科先生に御別れの御挨拶をいたします」

と言い、校長が再び壇にのぼった。

「えっ!」

と驚くひまもなかった。校長は、更科先生の長い間の熱のある教授ぶりを讃え、先生が教職を辞して新しい信念のもとに新しい出発をさせる首途を祝したいと述べた。

例によって短いおさげ姿の更科先生は、それにつづいてポクポクと演壇にのぼって行った。

そして、型の如く長い間の厚誼《こうぎ》を感謝したのち、

「私は、以前から教育上では徹底した自由主義でありました。おくれている人も勿論引上げなくてはならないけれども、秀れている人に対しては、その秀れた所を磨くために画一的な教育方針を捨ててさらに高い知識の機会を与えて上げたいというのが私の主張で、それは不完全ながら実行されて来たのであります。しかし世の中の色々な事を見ききしているうちに、この私の信念の方向が変って来ました。教育の上の自由主義は、秀れた人をさらに伸ばすことにも勿論あてはまりますが、私は今一

歩進んで、教育を受けることのできない境遇の人を、教育の恩沢に浴させるために努力することがさらに必要喫緊なことだということを痛感したのであります。……」

世間というものを窓からしか覗いたことのない穏かな中流家庭の娘たちは、わかるようなわからないような顔をして、更科先生の熱のある言葉をきいていた。

しかし、珠子だけは、ひしひしと胸に思い当るものを覚えて、涙ぐんで下を向いていた。そして、先生の強い言葉をきいているうちに、更科先生の熱と愛情の赴くところなら、どんな山河でも越えて従って行きたいような激情と別れの悲しみとが胸いっぱいにふくらんで堰を切りそうになった。

静なすすり泣きの声が起っている間に更科先生は壇をおりた。それに代って、校長が壇にのぼり、こんどは、歴史の河山先生の功績を讃えはじめた。やがて、河山先生も、最後の挨拶のために壇にのぼって行った。薄い淋しい影を御真影のある扉の上に引きながら。

にぎり飯

永井荷風

深川古石場町の警防団員であった荒物屋の佐藤は三月九日夜半の空襲に、やっとのこと火の中を葛西橋近くまで逃げ延び、頭巾の間から真赤になった眼をしばだたきながらも、放水路堤防の草の色と水の流を見て、初《はじめ》て生命拾いをしたことを確めた。

然しどこをどう逃げ迷って来たのか、さっぱり見当がつかない。逃げ迷って行く道すがら人なだれの中に、子供をおぶった女房の姿を見失い、声をかぎりに呼びつづけた。それさえも今になっては何処のどの辺であったかわからない。夜通し吹荒れた西南の風に渦巻く烟の中を人込みに揉まれ揉まれて、後へも戻れず先へも行かれず、押しつ押されつ、喘ぎながら、人波の崩れて行く方へと、無我夢中に押流されて行くよりしようがなかったのだ。する中《うち》人込みがすこしまばらになり、息をつくのと、足を運ぶのが大分楽になったと思った時には、もう一歩も踏出せないほど疲れきっていた。そのまま意久地なく其場に蹲踞《しゃが》んでしまうと、どうしても立上ることができない。気がつくと背中に着物や食

云うはなしです。」

「運命だから仕方がありませんよ。わたしの方も今だにわからずじまいですよ。」

「お互にあきらめをつけるより仕様がありませんねえ。わたし達ばっかりじゃないんですから。」

「そうですとも。あなたの方が子供さんが助かっただけでも、どんなに仕合せだか知れませんよ。わたしに比べれば……。」

「思出すと夢ですわね。」

「何か好い商売を見つけましたか。」

「飴を売って歩きます。野菜も時々持って出るんですよ。子供の食料だけでもと思いまして……。」

「わたしも御覧の通りさ。行徳なら市川からは一またぎだ。好い商売があったら知らせて上げましょうよ。番地は……。」

「南行徳町□□の藤田ッていう家です。八幡行のバスがあるんですよ。それに乗って相川ッて云う停留場で下りて、おききになればすぐ分ります。百姓している家です。」

「その中お尋ねしましょうよ。」

「洲崎前の郵便局に少しばかりですけど、お金が預けてあるんですよ。取れないもんでしょうか。」

「取れますとも。何処の郵便局でも取れます。罹災者ですもの。通帳があれば。」

「通帳は家の人が持って行ったきりですの。」

「それァ困ったな。でも、いいでさ。あっちへ行った時きいて上げましょう。」

「済みません。いろいろ御世話さまです。」

「これから今日はどっちの方面です。」

「上野の方へでも行って見ようかと思っています。広小路から池の端の方はぽつぽつ焼残ったところもあるそうですから。」

「じゃ、一ッしょに一廻りして見ようじゃありませんか。下谷も上野寄りは焼けないそうですよ。」

時候もよし天気もよし。二人は話しながら焼け残った町々を売りあるくと、案外よく売れて、山下に来かかった時には飴はいつか残り少く、箒は一本もなくなり、笊が三ツ残ったばかりであった。停車場前の石段に腰をかけて二人は携帯の弁当包をひらき、またもや一ッしょに握飯を食べはじめた。

「あの時のおむすびはどうでした。あの時だから食べられたんですぜ。玄米の生炊《なまだき》で、おまけにじゃりじゃり砂が入っている。驚きましたね。」

おかみさんはいかがですと、小女子魚《こうなご》の佃煮を佐藤に分けてやると、佐藤は豆の煮たのを返礼にした。おかみさんは小女子魚は近処の浦安で取れるからお弁当のおかずには不自由しないような話をする。佐藤は女房子供をなくしてから今日が日まで、こんなに面白く話をしながら物を食ったことは一度もなかったと思うと、無暗に嬉しくてたまらない心持になった。

「ねえ、おかみさん。あなた。これから先どうするつもりです。まさか一生涯一人でくらす気でもないでしょう。」

「さァ、どうしていいんだか。今のところ食べてさえ行ければいいと思っているくらいですもの。」

「食べるだけなら心配することァありませんや。」

「男の方なら働き次第ッて云う事もあるでしょうけど、女一人で子供があっちゃア並大抵じゃありません。」

「だから、ねえ、おかみさん。どうです。わたしも一人、あなたも一人でしょう。縁は異なものッて云う事もあるじゃありませんか。あの朝一ッしょに炊出しをたべたのが、不思議な縁だったという気がしませんか。」

佐藤はおかみさんが心持をわるくしはせぬかと、絶えず其顔色を窺いながら、じわじわ口説きかけた。おかみさんは何とも言わない。然し別に驚いた様子も、困った風もせず、気まりも悪がらず、始終口元に愛嬌をたたえながら、佐藤がまだ何か言いつづけるつもりか知らというような顔をして、男の口の動くのを見ている。

「おかみさん。千代子さんでしたね。」

「ええ。千代子。」

「千代子さん。どうです。いいでしょう。わたしと一ッしょになって見ませんか。奮発して二人で一ト稼《かせぎ》かせいで見ようじゃありませんか。戦争も大きな声じゃ言われないが、もう長いことはないッて云う話だし……。」

「ほんとにね、早く片がついてくれなくッちゃ仕様がありません。」

「焼かれない時分何の御商売でした。」

「洗濯屋していたんですよ。御得意も随分あったんですよ。だけど、戦争でだんだん暇になりますし、それに地体《じたい》お酒がよくなかったしするもんで……。」

「そうですか。旦那はいける方だったんですか。わたしと来たらお酒も煙草も、両方ともカラいけないんですよ。其方《そっち》なら誰にも負けません。」

「ようございますわねえ。お酒がすきだと、どうしてもそれだけじゃア済まなくなりますからね。悪いお友達もできるし……今時分こんなお話をしたって仕様がありませんけれど、随分いやな思をさせられた事がありましたわ。」

「お酒に女。そうなると極《きま》って勝負事ッて云うやつが付纏《つきまと》って来ますからね。」

「全くですわ。じたい場所柄もよくなかったんですよ。盛場が目と鼻の先でしたし……。」

「お察ししますよ。並大抵の苦労じゃありませんでしたね。」

「ええ。ほんとに、もう。子供がなかったらと、そう思ったこともたびたびでしたわ。」

あたりは汽車の切符を買おうとする人達の行列やら、立退く罹災者の往徠《ゆきき》やらでざわついているだけ、却て二人は人目を憚るにも及ばなかったらしい。いきなり佐藤は千代子の手を握ると、千代子は別に引張られたわけでもないのに、自分から佐藤の膝の上に身を寄せかけた。

休戦になると、それを遅しと待っていたように、何処の町々にも大抵停車場の附近を重にしてさまざまな露店が出はじめた。

佐藤と千代子の二人は省線市川駅の前通、戦争中早く取払になっていた商店の跡の空地に、おでん屋の屋台を据えた。土地の人達にも前々から知合があったので、佐藤の店はごたごた葭簀《よしず》をつらねた露店の中でも、最も駅の出入口に近く、人足の一番寄りやすい一等の場所を占めていた。

年が変ると間もなく世間は銀行預金の封鎖に驚かされたが、日銭の入る労働者と露店の商人ばかりは物貨の騰貴に却て懐中都合が好くなったらしく、町の商店が日の暮れると共に戸を閉めてしまうにも係らず、空地の露店は毎夜十一時近くまで電燈をつけていた。

あたりの様子で、その夜もかれこれ其時刻になったらしく思われた頃である。佐藤の店の鍋の前にぬっと顔を出した女連の男がある。鳥打帽にジャンバー半ズボン。女は引眉毛に白粉口紅。縮髪に青いマフラの頬かむり。スコッチ縞の外套をきている。人柄を見て佐藤は、

「いらっしゃい。つけますか。」と言いながら燗徳利を取上げた。

「あったら、混合酒でない方が願いたいよ。」

「これは高級品ですから。あがって見ればわかります。」

「それはありがたい。」と男はコップをもう一つ出させて、女にも飲ませながら、

「お前、どう思った。あの玉じゃせいぜい奮発しても半分というところだろう。」

「わたしもそう思ってたのよ。まさか居る前でそうとも言えなかったから黙ってたんだけど。」

二人ともそれとなくあたりに気を配りながら、小声に話し合っている。折からごそごそと葭簀を片よせ其間から身を斜にして店の中へ入ったのは、毎夜子供を寝かしつけた後、店仕舞の手つだいに来る千代子である。千代子は電燈の光をまともに、鍋の前に立っている客の男とその場のはずみで、ぴったり顔を見合せた。

二人の面には驚愕と怪訝の感情が電の如く閃き現れたが、互にあたりを憚ったらしくアラとも何とも言わなかつた。

客の男は矢庭にポケットから紙幣束《さつたば》を掴出して、「会計、いくら。」

「お酒が三杯。」と佐藤はおでんの小皿を眺め、「四百三十四円になります。」

「剰銭《つり》はいらない。」と百円札五枚を投出すと共に、男は女の腕をひっ掴むようにして出て行った。

外は真暗で風が吹いている。

「さァ、片づけよう。」と佐藤は売れ残りのおでんが浮いている大きな鍋を両手に持上げて下におろした。それさえ殆ど心づかないように客の出て行った外の方を見送っていた千代子は俄《にわか》におぞげ立ったような顔をして、

「あなた。」

「何だ。変な顔しているじゃないか。」

「あなた。」と千代子は佐藤に寄添い、「ちがいないのよ。生きてるんだわ。」

「生きてる。誰が。」

「誰ッて。あの。あなた。」と哀みを請うような声をして佐藤の手を握り、

「あの人よ。たしかにそうだわ。」

「あの。お前のあの人かい。」

「そうよ。あなた。どうしましょう。」

「パンパン見たような女がいたじゃないか。」

「そうだったか知ら。」

「闇屋見たような風だったな。明日また来るだろう。」

「来たら、どうしましょう。」

「どうしようッて。こうなったらお前の心一ツだよ。お前、もと通りになれと言われたら、なる気か。」

「なる気なら心配しやしないわ。なれッて言ったッて、もう、あなた。知ってるじゃないの。わたしの身体、先月からただじゃないもの。」

「わかってるよ。それならおれの方にも考があるんだ。ちゃんと訳を話して断るからいい。」

「断って、おとなしく承知してくれるか知ら。」

「承知しない訳にゃ行かないだろう。第一、お前とは子供ができていても、籍が入っていなかったのだし、念の為田舎の家の方へも手紙を出したんだし、此方ではそれ相応の事はしていたんだからな。此方の言うことを聞いてくれないと云うわけには行くまいさ。」

二人は貸間へかえる道々も、先夫の申出を退ける方法として、一日も早く佐藤の方へ千代子の籍を入れるように話しをしつづけた。

次の日、一日一夜、待ちかまえていたが其男は姿を見せなかった。二日たち三日たちして、いつか一ト月あまりになったが二度とその姿を見せなかった。

時候はすっかり変った。露店のおでんやは汁粉やと共にそろそろ氷屋にかわり変わり初めると、間もなく盂蘭盆《うらぼん》が近づいてくる。千代子は夜ふけの風のまだ寒かった晩、店のしまい際にふと見かけた人の姿は他人の空似《そらに》であったのかも知れない。それともあの世から迷って来たのではなかったかと、気味の悪い心持もするので、大分お腹が大きくなっていたにも係らず、子供をつれて中山の法華経寺へ回向をしてもらいに行った。また境内の鬼子母神へも胎児安産の祈願をした。

或日、新小岩の町まで仕込の買出しに行った佐藤が帰って来て、こんな話をした。

「あの男はやっぱりおれの見た通りパンパン屋だよ。あすこに五六十軒もあるだろう。大抵亀戸から焼け出されて来たんだそうだがね。」

「あら。そう。亀戸。」

千代子の耳には亀戸という一語《ひとこと》が意味あり気に響いたらしい。

「亀戸にゃ前々から引掛りがあったらしいのよ。でも、あなた。よくわかったわね。」

「裏が田圃で、表は往来から見通しだもの。いつかの女がシュミーズ一ツで洗濯をしているから、おやと思って見ると、旦那は店口で溝板か何か直していたッけ。」

「あなた。上って見て。」

「突留めるところまで、やって見なけれァ分らないと思ったからよ。みんなお前の為だ。お茶代一ぱい、七十円取られた。」

千代子は焼餅もやかず、あくる日は早速法華経寺へお礼参《まいり》に出かけた。

日月様

坂口安吾

私が精神病院へ入院しているとき、妙な噂が立った。私が麻薬中毒だというのである。警視庁から麻薬係というのが三人きて、私の担当の千谷先生や、係の看護婦がひどい目にあったらしい。二時間にわたってチンプンカンプンの応接に苦しんだということをきいた。さすがに東大病院は、患者に会わせるようなことはしない。会えば誤解は一度に氷解するが、麻薬中毒とは別の意味で拙者が怒りだし、それによって、せっかくの治療がオジャンになる怖れがあるからであろう。

科長の内村先生（大投手）担当の千谷先生（大捕手）のお許しで後楽園へ見物を許された。後楽園のない日、千駄木町の豊島与志雄先生を訪ねた。豊島さん曰く、

「君、麻薬中毒なんだろう」

「違います。催眠薬の中毒はありましたが、麻薬中毒ではありません」

「おんなじじゃないか」

私は逆らわなかった。

そのうち酒がまわり、談たまたま去年死なれた豊島さんのお嬢さんの話になった。腹膜で死んだのだ。非常な苦痛を訴えるのでナルコポンを打ったという。すぐ、ケロリと痛みがとまったそうである。

そこで、拙者が、云った。

「ナルコポンというのは麻薬です。太宰がはじめて中毒の時も、パントポンとナルコポンの中毒だったそうです。僕の病院では重症者の病室がないので、兇暴患者が現われると、ナルコポンで眠らせて松沢へ送るそうです。これはモヒ系統の麻薬です。僕の過飲した睡眠薬は、市販の、どこにもここにもあるというヘンテツもないシロモノです」

「へえ、じゃア、睡眠薬と麻薬は違うの?」

と、豊島さんは目を丸くした。

日本の代表的文化人たる豊島さんでも、こういうトンマなことを仰有《おっしゃ》るのである。私が麻薬中毒というデマに苦しめられたのは、当然かも知れない。

私が退院する一週間ほど前の話である。

王子君五郎という三十ぐらいのヤミ屋がヒョッコリ見舞に来たのである。私は自分勝手にヤミ屋とアッサリ片附けたが、王子君五郎氏は異論があるかも知れない。

私が彼を知りあったのは、戦争中の碁会所であった。当時の彼はセンバン工であり、同時にあとで分ったが、丁半の賭場へ通っていた。然し本職のバクチ打ちではない。お金の必要があって、時々でかけるらしいが、いつもやられるのがオキマリのようで、工場も休んで、たいがい碁会所へ来ていたが、いつも顔色が冴えなかった。根は非常にお人好しで碁は僕に井目《せいもく》おいても勝てないヘタであったが、熱中して打っていた。彼氏の賭場に於ける亢奮落胆が忍ばれるようであった。

碁だけなら、さのみツキアイも深まらなかったのだろうが、夕頃、国民酒場へ行列というダンになって、私は彼氏の恩恵を蒙ったのである。行列の先頭を占めている三十人ぐらいは、みんなバクチ打ちである。その中へ彼も遠慮深くはさまっていたが、私を見つけて自分の前へ入れてくれる。これがどうも、前後左右のホンモノのヨタ者連に比べて、まことに威勢がなく、一人ションボリ冴えない感じで、入れて貰う私が、羞しく、又、非常に彼が痛々しかった。

三月十日の大空襲で、日本政府が大いに慌て、私の住む工場地帯は俄に大疎開を行うことになり、たった一つの区で、二三万戸の家を叩きつぶすことになった。これが一週間ぐらいの短時日に終了するという命令である。空襲とオツカツぐらいに上を下への大騒ぎだ。町の到る所で、学徒隊が屋根をひっぺがし、柱を捩じ倒し、戦車も出動して、家を押しつぶす。濛々たる土煙り、その中を疎開の人々が右往左往に荷物を運んでいる。この一区の大疎開によって、タンスなども二十円ぐらいに値下りしたというぐらいなものであった。

そのくせ、家を叩きつぶして百米《メートル》道路を何十本つくってみたって、ふだんの火事と違う。火の手が

院中もぬけだして、ちょッと、用いにおいでになるもんですなア。骨身をけずられるようだてえ話を、マア、私もチョイチョイ耳にしておりますんで、先生なんざ、愚連隊というものじゃなし、仲間のレンラクもなく、お困りだろうと、エッヘッへ。そうなんでございます。この精神病院なぞと申しまして、鉄の格子に、扉に錠など物々しくやっておりますが、私共の方では、お茶の子なんでございます。みんなレンラクがありまして、ワケのないことでござんすよ。鉄格子から注射器と薬を差入れてやりゃ、なんのこともありませんや。愚連隊の中毒患者は、病院の中でいかにも神妙に、みんな用いておりますんで。エッヘッへ。文明でござんす」

「へえ。文明なもんだねえ」

と、私もまったく感服した。そして彼の厚意に、まことに極みなく清らかなものを感じて、ホロリとするほど心を打たれたが、それだけに、デマにすぎない実情を事をわけて説明するのに、甚しく心苦しい思いであった。

私の訥々《とつとつ》たる説明をきき終ると、彼は非常に情けなそうな顔になった。私は彼を慰めるのに骨を折ったほどである。

「御退院もお近いようで、御元気な御様子を拝見致しまして」

と、彼は急に、改って、よそ行きのような別なお愛想を言いだした。

「あんまり、つめてお考え遊ばしますからでございましょうが、又、先生が、華々しくお活躍あそばす日も近いだろうと思いますと、私のような者でも、心うれしく、甚だ光栄でございます。御退院の節は、ぜひお立ち寄り下さいまして」

と、住所をコクメイな図面入りに書いて帰った。そこはさる盛り場の碁会所で、自分の家ではないけれども、昼間は、必ずそこにいるからと云った。

退院してまもない夕方であった。彼の住む盛り場の近所へ所用があって出向いたが、そこは私の始めての土地で、おまけにその日は一人であり、知っている土地へ戻って一杯やるのもオックウであり、さりとて飲むべき店も見当がつかない。私は王子君五郎氏を思いだした。彼の厚意に報いるにもよい機会だから、誘いだして、このへんで一杯のもうと思ったのである。

碁会所はすぐ分った。

「王子君五郎さんはいますか」

ときくと、二人の娘がしばらく額をよせ集めてヒソヒソ話していたが、

「ああそう、君ちゃんのことよ」

と、一人が大声で叫んだ。

「なんだ。君ちゃんか」

二人の娘は笑った。

「君ちゃんは、もう、いません。お風呂へ行った筈ですから、今日はもう来ませんわ」

「どこかへ行けば、会える場所があるんですか」

「それは、お店よ」

「お店?」

「御存知ないんですか。カフェー・ゴンドラと云いましてね、そこの露路の中程にあります。もう、出たころでしょう。でも、まだかも知れないわ」

私は礼をのべて、その露路へ行った。そこは軒なみにカフェーの立ち並んでいる所で、各々の戸口に美人女給が立って、露路へ迷いこむ通行人を呼びこみ、時には手を握って引っぱりこもうとしたりした。

私はゴンドラを見出してズカズカはいった。王子君五郎氏はそこのバーテンだろうと思ったのである。然し、バーテンダーは彼氏ではなかった。見廻したが、まだ、ほかにお客が一人もおらず、女給のほかに男は見当らなかった。

「この店に王子君五郎という人がいるときいたんですが、もしや、常連にそういう人がおりませんか」

「君ちゃんでしょう。ええ、おります」

と、ここでは躊躇なくズバリと答えた。

「君ちゃーん。お客様よ」

と、一人は奥へよびかけた。

これから、どういう事が起ったか、ということについては、二十の扉や話の泉でかねて頭脳練成につとめている皆さん方、お分りですか。あと、三十秒。鐘が鳴らなかったら、皆さん方は、当事者の私よりも、御練達の士なのである。

王子君五郎氏はまさしく現われてきたのである。然し、これを君五郎氏と云っては、あるいはよろしくない。君ちゃん、である。然し、君ちゃん、と云うのも異様であるが、動物園の象に花子ちゃんとか、それで通用する世間でもあるから、君ちゃん、それでよろしいのだろう。ジキル氏とハイド氏ほど悪魔的なものではない。

現われ出でたる君ちゃんは女であった。然したしかに、王子君五郎氏でもあるのである。上野の杜《もり》では、すでにオナジミの極めてありふれた日本の一現象にすぎないのかも知れないが、センバン工王子君五郎という、決して女性的ではなく、むしろズングリと節くれた彼氏を知る私にとって、この出現が奇絶怪絶、度胆をぬかれる性質のものであったことは、同情していただかなければならない。

君ちゃんはまさしく女装であったが、女装であるという以外に、女らしいものは何もなかった。第一、普通の男娼なら、女の言葉を用いるだろう。君ちゃんはそうではない。私への気兼ねからではなく、日常そうであることは、私というものを除外して他の男女と話を交している態度を見れば察しがつくのである。

「エッヘッヘ。まったく、どうも、恐縮です」

と、はじめだけ、ちょッと、てれたが、あとは、もう、わるびれなかった。

「実は、なんですよ。これも、世を渡る手なんです。私は、例の、男娼じゃァありません。なまじっか、あんなことをしたり、女ぶろうとするのが、いけませんので、全然そうでないところに、皆さんが面白がって、ひき立てて下さるコツがあるんです。はじめは、ほんのイタズラで、まア、仮装舞踊会みたいなもんで、それがマアうけたというわけですか。あんまり、うけやしませんが、何がさて私は、愚連隊になるだけの度胸はなく、そのくせ、愚連隊のハシクレに交らなくちゃア、私なんかの生きて行かれる御時世じゃアないじゃありませんか。こうして女装してりゃ、誰も喧嘩をうりやしませんし、仲間の仁義で血の雨をくぐる必要もありませんや。その代り、チップをはずむお客もいませんが、この風態で無難に身をひそめて、まア、ヤミ屋の片棒をかついでいるというわけです。先日はどうも、麻薬で失敗いたしましたが、あれなんかも、私自身は、これっぱかしも用いたことがございません。ひどく健全なるもんでして、女房子供をなんとか養って、エッヘッヘ実は、女房も、私のこの女装については、知っちゃいませんのです」

彼の細君は、却々《なかなか》の美人なのである。然し、それだけ、威張りかえって、非常に冷い女であった。

私が彼と知り合った戦時中、彼は細君の実家が農家であるところから、そのおかげで人の羨む食生活をしており、完全に女房に頭の上らぬ状態でもあったのである。そのことが焦りとなって、一カク千金、彼のような小心なケレンのない好人物が賭場へ入りびたるようになったらしい。教養のない女が生活の主権を握ると、まことにつけあがって、鼻持ちならぬ暴君となるもので、彼が尻の下にしかれた生活ぶりは、私には見るに忍びがたいものがあった。女房という暴君がなければ、彼は昔も今も実直なセンバン工であり、賭場へ入りびたったり、女装してヤミ屋の片棒をかつぐ必要もなかったであろう。彼は国民酒場へ行列したが、小さなジョッキ二つのめば充分に酩酊し、余分の券はみんな私にユーズーしたほど、酒についても無難な人物であった。

彼は男装に変って現われてきた。

「今宵は、ひとつ、ぜひ御案内致したいところがありますんで、エッヘッヘ。いぶせき所ですが、私がお伴致しております限り、先生にインネンを吹っかける奴もありません。その点は御安心を願いまして、人生の下の下なるところを、御見学願います」

「麻薬宿じゃないの。そんなの見ても仕方がないよ」

「どう致しまして。国法にふれる場所じゃアありませんや。エッヘッヘ。先生もいやに麻薬恐怖症ですな。ちょッと、お待ちなすって」

彼は一人の女給と片隅で何か打ち合せていたが、まもなく一人戻ってきて、私を外へつれだした。

彼の店で強い酒をのんだせいで、私も大いに酔っていたが、見知らぬ土地の見知らぬ道を曲りくねって、案内された所は、新築したばかりの、ちょッと小粋な家であった。私は待合だろうと思ったが、そうではない。ただの旅館なのである。そのあたりは、たしかに待合地帯ではなく、旅館のあるべきような地帯でもなかった。そのくせ部屋は待合の造りのようでもあり、立派な浴室があった。ほかに、客はいなかった。

「ここは君の内職にやってる店と違うのかい」

「どう致しまして。私なんかが、何百年稼いだって、こんな店がもてるものですか。ここは、マア、なんと申しますか、ここの主人も先のことは、目下見当がつかないのでしょう。今に料飲再開になる、その折は、という考えもあるでしょうし、何か考えているんでしょうが、今のところは、ただの旅館、それも、パンパン宿ではないのです。だから、客もありませず、三四、知ってる者が利用する以外は、閑静なもんです」

私たちが酒をのんでいるところへ、彼が先程店の片隅で打ち合せをしていた女給がはいってきた。不美人ではないが、美人というほどの女でもない。ただ背丈がスラリとして、五尺四寸ぐらいはあろうと思われ、ムッツリした、冷めたそうな女であった。

彼は女に酒をすすめた。女はグイグイ呷《あお》ったが、却々酔った風がなかった。ヨッちゃん、ヨシ子という女であった。

「実は、先生に前もって話しておきゃアよかったのですが、目の前で、ザックバラン、隠し立てなく話した方が一興だろうと思いましてね」

彼自身は人に酒をつぐばかりで、殆ど飲まなかったが、すでに酔って、目がすわっていた。

「この人は私と同じ田舎の生れなんですが、父親が小学校の校長でしてね、女学校をでると、絵の勉強をしていたのです。そのうち、これが偶然でして、この人の東京の下宿の隣家が刺青の名人だったのです。今と違って、そのころは戦争中のことで、刺青なんてものを、人がざらにやるものじゃアない。めったにお客もなかったのですが、この人が奇妙な人で、紙に絵を描くだけじゃアつまらない、自分の身体にやってみたい、いっそ刺青をやってみたい、自分の手で自分の身体にやってみたいと考えたのです。そこで隣家の刺青の名人に弟子入りして、とうとう、自分で自分の身体にやったのですが、やってみると、その出来栄えがつまらない。そりゃ、そうでしょう。ろくすっぽ稽古もやらずにやった仕事ですから、出来栄えがいい筈もないじゃありませんか。あげくに、どうしたと思います。刺青の部分を自分で皮をはいだんです。幸いモモのいくらでもない部分でしたから、ちょいと昏倒したぐらいで、済んだんですがね。まア、そういった人ですから、並の人とは気性も違います。つまり、女ながらも、骨の髄から芸術家の根性で、それについちゃア、鬼のような執念があるわけです」

女は眉一つ動かさなかった。話は思いがけなく異様なものであるが、話の内容を本質的に納得させるような凄味がない。それは女の人柄のせいだ。本質的に、かかる鬼の執念を持つ芸術家の凄味というものが感じられない。ジッと押し黙って、眉一つ動かさぬけれども、いかにもそれが薄っぺらで、今にも、チェッと舌打ちでもして、それが本性の全部のように感じられる女である。

「そんなわけで、気性が気性ですから、まア性格も陰性で、それに潔癖なんです。選り好みをしますから、お客もつかず、そうかと云って、パンパンをやるような人柄じゃアない。パンパン時代に、こんな気性じゃ、着物一枚つくるどころか、食べて生きて行くことだって難儀でさアね。ところが、この人が、ふだんから、先生のファンなんです。それでまア、これを機会に、先生にお近づきを願って、文学の方で身を立てたいという考えもあるのですから、御指導を願えたら、と、オセッカイのようですが、本人が黙り屋のヒネクレ屋ときていますから、私から、こうしてお願い申上げる次第なんです」

彼の言葉には、マゴコロがこもっていた。単に紹介の労をとるというだけの性質のものではなかった。私の頭にひらめいたのは、彼と彼女との交情、二人は相愛の仲ではないかということだった。

ウカツに返事はできない。文学の指導、といったって、先方の才能の見当がつかなければ、どうなるものでもなし、第一、文学の指導という結論に達するまでの話の筋が、いわば芸術的因果物というような血なまぐさい奇妙なもので、穏やかならぬものである。

この又あとに結論があって、私の妾にしろとでもいうのであろうか。不美人という程ではなし、スラリとのびた姿態にはちょっと魅力があり、押し黙り、ひねくれて、いかにも陰性な感じであっても、一晩なら遊んでもいいぐらいの助平根性はあった。酔っていたから、助平根性は容赦なく掻き立てられても、穏やかならぬ話にこもる凄味はさすがに胸にこたえた。

「文学の指導たって、芸ごとは身に具わる才能がなければ、いくら努力してみたって、ダメなものですよ。それを見た上でなくちゃア返事のできるものじゃアないね」

「然し、先生、こんなことは、ありませんか。かりにです、かりにですよ。いえ、かりじゃアないかも知れません。天才てえものが気違いだとします。天才てえものは気違いだから、ほかの人の見ることのできないものを見ているでしょう。それがあったら、これはもう、ゆるぎのない天分じゃありませんか」

私はお人好しで温和なこの男が、こんなに開き直って突っかかるのを経験したことはなかった。私は内々苦笑した。私自身、精神病院から出てきたばかりだからであった。

「天才だの気違いだのと云ったって、君、僕自身、精神病院で、気違いの生態を見てきたばかりだが、気違いは平凡なものですよ。非常に常識的なものです。むしろ一般の人々よりも常識にとみ、身を慎む、というのが気違い本来の性格かも知れないね。天才も、そうです。見た目に風変りだって、気違いでも天才でもありゃしない。よしんば、ある種の天分があっても、絵の天分と、文学の天分はおのずから違う。絵の天分ある人は、元来色によって物を見ているものだし、文学の天分ある人は、文字の構成によってしか物を把握しないように生れついているもんです。だから、性格が異常だというだけじゃァ、文学者の才能があるとは云われないものです」

「然し、先生、今に分ります。分りますとも。先生とヨッちゃんは、たとえば、日月です。男が太陽なら、女はお月様、そういう結び合せの御二方です」

決然とそう云い放ち、やがて、うなだれた。

お風呂の支度ができましたから、という知らせで、私が一風呂あびてくると、寝床の敷いてある部屋へ通された。やがて女が一風呂あびて現われた。その時はもう王子君五郎氏は、この家を立ち去っていたのである。

私は、然し、女が私の横へねても、監視されているようで、ちょッと気持がすくんでいた。

「王子君は、日月と云ったね。日月とは不思議なことを云うものだ。あの人は、そんなことを、時々言うかね」

と、私は女にきいた。その時である。まるで、思いがけなく、ゼンマイのネジが狂ったように女が笑いだした。決して音のきこえる筈のない冷静な懐中時計が、突如として、目覚し時計となって、鳴り狂いはじめたようなものである。

「あんな男のいうことマジメにきいて、何、ねぼけてんの。気違いって、あの人が気違いじゃないの。女装したりしてさ。変態なら分るわよ。変態でもなんでもないくせに女装するなんて、頭のネジが左まきのシルシにきまってるわ。私が自分のモモにホリモノをしただの、そのホリモノをえぐりとったのと、あの人が知っているわけがないでしょう。みんなあの人の妄想よ。ほら、見てごらんなさい。私のモモに、ホリモノだの、えぐりとった傷跡だのがあって」

女は私にモモを見せた。まったく、何もなかったのである。そしてモモを見せる女の態度というものは、完全なパンパンの変哲もない態度であり、おかげで私は俄に安心したほどであった。

「君は、じゃア、絵描きの卵でもないのかね」

「まア、それぐらいのことは、私だって、なんとか、かんとか、それも商売よ。でも油絵の二三枚かいたこともあったわよ。あんまり根もないことを云ったんじゃア、この社会じゃア、自分が虚栄だから、人の虚栄を見破るのも敏感なものよ」

話しだすと、先刻までの押し黙った陰鬱さは薄れて、女は案外延び延びと気楽であった。然し、私には、どうも解《げ》せなかった。病院へ麻薬を持って見舞に来た時から、どこにも気違いらしい変ったところはなかった。元々気違いはそうである。私は精神病院で、それを胆に銘じてきた。発作が起きた時でなければ、見分けのつくものではないのである。いわば、あらゆる人間に犯罪者の素質があるように、あらゆる人々に狂人の素質があると考えてもよい。狂人は限度の問題だという見方もありうるほどである。

私は精神病院をでて以来、それまでの不眠症にひきかえて、ひどく眠るようになった。尤も、東大から催眠薬を貰っており、これは暁方になってきいてくる性質の催眠薬であった。朝食をとって、又、ひと眠りするのが習慣になっていた。

私は翌朝目がさめると、朝食の後、女を帰して、私だけ、もう一眠り、ねむった。ぐっすり眠った。その前日まで、仕事して、過労があったせいもあった。

目がさめると、もう午《ひる》すぎだ。私は宿の人に頼んでおいたので、風呂がわいていた。風呂からあがって、酒をのんだ。この旅館は、まだ女中がおらず、主人夫婦だけ、子供もいないのである。

「どうも、王子君には、驚いた」

私は宿の主婦に話した。

「あの人の女装にも呆れたが、ゆうべの話しぶりが、どうも、私には解せなくてね。女がモモにホリモノをして、出来栄えが気に入らなくて、肉をえぐりとった、という。これが全然嘘っパチなんだが話しぶりの真剣さは、凄味があって、ちょッと、嘘なんてものじゃァなかったね。モモをえぐりとったという件は、女とねれば、忽ちバレることなんだし、どうも、あの人の気持が分らない。女は王子君を気違いだと云ったけれども、昨夜の一件をのぞいて、気違いらしいところは見当らないのでね。女と相愛の仲かと思えばそうらしくもなし、むしろ女に甜《な》められきっているという風なんだね」

主婦は静かに、うなずいた。この家が、旅館とも、待合とも、料理屋ともつかないものであるように、この主婦も、商売ずれのしたところがない。そのくせ、やっぱり商売人あがりでもあるような、わけの分らないところがあった。

主婦は間の悪そうな笑いをうかべたが、真顔に返って、

「キミちゃんが毎晩のようにお客さんをつれこんでくれますんでね。こんなことは申上げたくないのですが、気違い、或いは、まア、気違いの一種なんでしょうかねえ。男のお客様によって、女はそ

れぞれ違うんですけれどもね。これは男のお客様の好みもあるでしょうが、キミちゃんが殿方の人柄に応じて選んだり、キミちゃん自身の好みというものもあるのかも知れません」

ここまで話してきて、主婦はちょッとガッカリした顔付をして、言葉をきった。

「でも、キミちゃんが、女の子をお客様に紹介する話というのが、いつも、おんなじなんですよ。今も仰有る通りの、モモのイレズミをえぐりとった、というんですがねえ。それから、もしや、日月なんて申しやしませんでしたか」

私はいささか茫然たるものだった。

「ええ、ええ、云いましたね。男が太陽、女がお月様、一対の日月とね」

私のショゲ方はひどかったのである。女が絵の天才、私が文学の天才、それで日月、こう思いこんでいた私の甘さは馬鹿のようなものである。

「日月というのは、なんのことですか?」

主婦は又、クスリと、ガッカリした笑い方をした。

「日月様とでも申すんでしょうか。キミちゃんが思いこんでいる宗教なんですよ。男と女、それが日月。でもねえ、キミちゃん自身、男のくせに女装して、つまり、自分が一人で日月をかたどっているという思いこんだ気持もあるんです。そのほかに、とりたてて変ったところもないのですし、根は気立てのよい、おとなしい人なんですけど、ねえ」

茫然たる私に、主婦はなんでもない顔付でつけたして云った。

「キミちゃん自身が、自分のモモの肉をえぐったことは事実なんです。キミちゃんのオカミさんが、人間の肉をたべたいとか、云ったとか、これは噂ですけれども、色々曰くがあったんでしょうが、キミちゃんが思いつめたアゲクに、自分のモモの肉をえぐってオカミさんに食べさせたんだなんて、まア、噂ですから、真偽のほどは分りません」

私は二の句のつげない状態だった。私自身が精神病院をでて、まだ一週間ほどにしかならない日の話なのである。

私は真偽をたしかめたい気持にもならなかった。まるで、すべてが私の悪夢にすぎないような気持であった。私には、すべてが割りきれなかったが、割りきってみたいとも思わなかった。

そして茫然と自分の家へ戻ったが、それから三日目の新聞に、麻薬密売者の一味があげられたという記事があり、その一人に、王子君五郎という名があがっていた。私は今もなお、妙に溜息がとまらぬような思いである。

浣腸とマリア

野坂昭如

「お母ちゃんみたいに耳のタボのうすい女は、行く末かならずええことないようなるんや。きっとバチあたりよるわ」

鋳型からうちだされたセルロイドの浣腸器のへたのぎざぎざを、肥後守できいきいと削りおとして三つ一銭の手内職、水洟《はな》すすりすすり、祖母のおかねは嫁の悪口をいいづめだった。

ええことない、バチがあたるといえば、行く末どころか今日《こんにち》ただいまがのっぴきならないくいつめかたで、早い話がおかねと嫁の竹代、それに孫の年巨《としひろ》、親子三代三人が住むこの小屋は、一年前まで警防団の詰所。六畳に三畳といえばきこえはいいが、板じきにつぎはぎのうすべりをひいただけで、周囲の壁は二ヵ所で大きく破れて骨がみえ、うらの蓮池をわたる風はすうすうと吹き入り、夏の盛りにこれはなによりありがたかったが、やがてむかえる冬が思いやられた。

竹代は靴下工場へ働きにでて月に三百八十五円、他に封鎖預金から五百円をおぎなってこれが全収入。昭和二十一年夏の府下北河内郡守口町の主食配給は、なまじ農村地帯とあって放出のチーズ、アンズ、さてはチューインガムまでれいれいしく何日分と割当てられ、日本一よくどしいこの辺りの百姓の売る闇米が一升百三十五円、数え十五の年巨はもとより、腰が抜けて寝たきりのおかねも、あさましいばかりに腹が減っていた。

「すんませんな年ちゃん、しいとっとくんなはれや。わるいな、出世前の男の子にこんなことさして、すまんおもてます」

へたを削る音がやむと、いれかわってアカの古い洗面器におかねの小便のほとばしる音がきこえ、三食きまっておまじりほどの重湯にスイトンだから、すべて水にもどるのかもしれぬが、おかねはやたらとしいをして、そのたびに洗面器をわなわなふるえる細い腕に支え、いいわけしいしい年臣に始末をたのんだ。

白髪をふりみだし、帯しろ裸の上半身に木目のような垢がうかび、みるかげもないおかねの姿で、これが天六《てんろく》を焼け出される前までは、家内のおさえはもとより、町会長まで一目おいた気丈者だったとは信じられず、まるでのぞきからくりのトンと舞台のかわったようなうつり方だった。

一年前の同じ夏、都おちした福井は春江の機屋《はたや》で敗戦のラジオをきき、まわりの者がこれは和睦や、いや戒厳令のこっちゃとさわぐ中で、「アホやな、いくさは敗けときまりましたがな」とたしかな耳をそば立て、部屋へかえるなりまだ白髪もみえぬ髪をばっさり切りおとし、「天子様に申しわけない」と一礼、さすがは浪花の女子《おなご》やと妙な賞められ方をしたあたりが、おかねの最後の花だったろう。もっとも人が去るとすぐに声をひそめ、「そやさかいダイヤなんか供出するのいややゆうたんや、お前がヤイヤイいうさかいごつい損したわ」と、語気するどく竹代にあたったのだが。

竹代はおかねの一人息子弥太郎の嫁で、弥太郎は長く照国丸の機関士でいたのを徴用にとられて軍用船に乗り、昭和十八年、トラック島からの郵便を最後に消息がとだえた。おかねはその日の風向きで、「名誉の戦死も同じことや」と眼しばたたかせると思えば「あの子が死ぬきづかいないわ、きっと帰ってきまっさ」とまた胸をはり、その後はきまって竹代のだらしなさを、配給米のゴミえりわけることにまで文句をつけた。小学校おえるまで添寝した年巨のしつけ、指一本も竹代にはふれさせず、この頃まではたしかに、竹代はちいさな耳たぼにふさわしい、影のうすい嫁であった。

敗けと決まっては、焼け出されへの人情もうすらぎ大阪へもどったが、天六の土地は借地ですでに見知らぬバラックがひしめき、こけつまろびつ遠い血縁をたより歩いて、今の蓮池のほとりの小屋へころげこんだのが昭和二十年の十月半ば。いきなりおかねは蓮池のれんこんに眼をつけ、池にふみこんだが、台風の後で泥がゆるみ、脚をとられて身うごきならず、ようやく年巨が竿でほじくり出してみると、どこをねじったか、以後、腰が抜けたのだった。

はりマッサージあんまとたのんで、どうにか杖にすがって立ちはできても、しゃがんで用の足せぬ中風同然、朝夕に年巨や竹代の手をかりて下の始末たのむうち、ぷっつり切った髪はみるみる霜をおいてのびるにまかせ、姿形は凄味をおびたが、意地もはりも失せて愚痴こぼすだけの老婆となった。

逆に、今までどこにかくしていたのか、猫をかぶっていたかそれとも弥太郎の帰るのぞみをまったく失った後家のふんばりか、竹代は人がちがったようなくそ力をみせはじめた。

「死んだか生きたかわからん人の洋服おいとったってしゃあないんちゃいますか。あの人が万一かえってきはったら、その時はその時で新調しはりますやろ」と、疎開させておいた弥太郎の背広を惜しげもなく米や芋と交換し、「死んだか生きたかわからんとは、それが女房の言葉か、万一かえってくるとはなんちゅういいぐさや」と、おかねの声ふるわせていきり立つのをしりめに、「そないに気ィしやはるんでしたら、服と物々交換した米も食べとうないんでっしゃろな、我が子の身ィ食べる気ィしはるんでっしゃろ」とせせら笑い、ばりばり義歯をならそうにも歯茎の肉がおちてままならぬおかねの面前で、これみよがしに銀しゃりをぱくついた。

もとは細い体でいたのが、食糧難にさからって竹代は腰やら胸のあたりめっきりたくましくかわり、はるばる加古川くんだりへ野菜の買出し、稲刈のてつだい、御殿山へ薪木集め、甲斐甲斐しく体をつかって、水を得た魚のように働き、そして竹代を支えるものが、ひたすらおかねへのにくしみであると、これは年巨にもよめた。

竹代はこれも死欲とでもいうのか、おかねが異常なまでに腹をすかせると知って、徹底的にそれをせめたてた。

「あんたは育ち盛りのことやし、せいぜい食べてもらわなあかん。体の弱い男にしたてたらお父ちゃんに怒られてまうがな」なあお婆ちゃんと、竹代はおかねに言いかけ、粥の鍋の底に沈んだ飯粒のあたりをぐいっとお玉でしゃくってそれは年巨へ、お婆ちゃんやわてらはもう昔にようけ食べたんやから、今はしんぼせなと、今度は粥の上ずみをすいとかすめて、たらたらとおかねの茶碗にこぼす。「おばあちゃんは寝たきりやねんから、この方が消化によろしわ」。おかねは涙うかべんばかりになさけながって、一息にずるずる吸いこめば、竹代は追いうちをかけて「少しは噛まんと毒でっせ」「噛もおもたってオマンマなかあれしまへん」とおかね悲鳴をあげる。「えらい人ぎきわるいこといいなはりますけど、なにもわざとしてることやないんでっせ、ここのとこわかってくれならどもなれへん。このおカイさんは、わての工場で、働いてる人間にだけくれはった特配ですねんよ」働いている人間だけと、わざとくりかえし、かりに重湯なりと白湯なりとこないしてわけたったるだけええやないかとまではいわぬが、ひらき直ってどなりたて、だがおかねはもう何も耳に入らぬ按配《あんばい》で、とにかく一粒の飯を口に含みたいしゃぶりたいと、年巨のよくうごく口元をひたとみつめるのだった。

大豆はわざと煎らずに与えた。がたがたの義歯ではしねしねしてしかも丸い豆など噛めたものではなく、ぽろぽろとおかねの唇からこぼれるさまを楽しむためだった。やがておかねも考えて、新聞を細く切り裂き義歯と歯茎の間にはさみこみ、なんとか噛みやすく工夫すれば、竹代はきこえよがしに、「食意地はって紙までくいよる、あら巳《み》どしやのうて羊どしやったんか」といいはなち、勤めにでる時は、釜のふたに髪の毛をはりつけて、つまみ食いのすぐばれるよう細工をし、わざと眼につき易いところへ、ずいきの干したのをおいて、空腹に後先なくなったおかねがこれを口にして、喉やら舌やらえがらっぽさに顔ひんまげるさまをよろこび、まさしく竹代の生甲斐はまさしくここにあるのだった。

「弥太郎がかえってきよったら、年ちゃんも楽でけます。マルマンの魚すきでも、灘万の料理でも、なんでも食わしたるでえ」

やがておかねの話題は、死んだ息子のことにかぎられて、これが唯一つの逃げ場所であった。年巨を自分の側にひきとめておきたくても、竹代のふりかざす食いものに対抗する力のあるはずはなく、せめて父親の想い出をかき立てることで、自分への同情をひく魂胆とも、みえた。

「お前のお父ちゃんはようでけたお人やったわ。おじいちゃんがはように死んで、上の学校へいかれへんようなった時も、学校出た人に負けんようなったるゆうて、キリッとしはってなあ」、船会社へ入ったこと、南洋で釣った大きな魚をよう土産にもってかえったこと、相撲がつようて、関の五本松をええ声で唄うて、背が高うて女《おなご》にもてたこと——。

「だまされよったんや、なんぼでもええとこから嫁もらえたのに、竹代にだまされよって。わしはあんな耳たぼのうすい女はあかんちゅうたのに、あの女うまいことゆうて乳くりあいよってからに」

末はみだらがましいことをぶつぶつとつぶやき、もはやきき手が孫であることなど眼中になかった。

年巨にとって弥太郎の印象は、まことにおぼつかないものだった。船乗りだから家に居ることは年に二月ほど、それも何回かに分れていて、ようやくなじみをとりもどした頃にはいつも、神戸のメリケン波止場のテープの渦の中に、父は姿を消した。

「何時やったかなあ、六甲山へおれ登ったことあったなあ、お父ちゃんと」

「そやがな、お父ちゃんよろこんどったでえ、年巨は脚がつよいゆうてなあ。おばあちゃんのつくった弁当おぼえてるか？　こんなごついにぎり飯海苔まいてなあ、揚げさんの煮たのと卵焼きを好きやったわ、お父ちゃんは」

「照国丸て大きな船やったわあ、おれおぼえてるわ」

岸壁をはなれふと気づく、はるか沖合いに側面をみせ、どっしり浮かんでいた照国丸の姿がやがて年巨の胸にうかび、汽笛がひびき、次第にお父ちゃんそのもののような感じでせまった。アルバムを焼かれ、その背広も今はなく、常に不意にあらわれ、そして同じく去った弥太郎だけに、かえって年巨の心の中では、自由にその父の形をつくりあげることができた。

「なんやもうお父ちゃんお父ちゃんて、ええ年してからに死んだ人のことゆうたってはじまらんやろ。そんな暇あんねやったら裏のれんこんでも抜いてきてんか」

竹代は弥太郎の話にはいっさいふれたがらず、また、年巨がおかねの話相手をつとめれば、それだけおかねの気がまぎれることになり心が煮えたが、年巨に金を稼がせるつもりはなかった。自分一人が一家を支え、年巨をだしにしておかねをいじめる楽しみを捨てにくかったのだ。年巨が働けば、その稼ぎの何分かをおかねは、自分の権利のようにいいたてるだろう、年巨も小遣くらいひそかにやるかもしれぬ。どうせ松下乾電池工場の見習いで、月に二百や二百五十のかせぎなら、おかねの世話をさせた方が世間体もええこっちゃと計算が働いていた。

やがて二十一年も暮れに近く、おかねはひたすら食意地をたよりに、竹代はおかねの餓鬼ぶりを楽しみに、そして年巨はおかねの愚痴のはしはしから、父弥太郎のイメージを拾いあつめ自分なりに織りあげることに、生きていた。

「お父ちゃん五尺八寸も背ェあったんか」

「八寸できかんやろ、よう鴨居《かもい》にでぼちんぶつけよったもん」

鴨居といわれても天井のない住居ではくらべようがなかったが、名前に似あわずはや背の伸びがとまって五尺そこそこの年巨にはひたすらたのもしく思えた。体重はどれくらいあってん、そやなあ目方は二十貫ほどやろか。剣道もしっとったんか？　おぼえとるやろ、よう庭で木刀の素ぶりしてはったやんか。有段者か。そらそうや、つよかってんなあ。そらもうえらいもんやがなあ。

へ、た削りを手伝いながら、年巨は父親の足の文数、浪花節の好み、顔の洗い方、怒った時の口調、さらにその子供の頃のいたずら、学校の成績、怪我、病気のことまでおかねからききだし、丹念にはめ絵を完成させていった。そのためには竹代の眼をぬすんで、つまみぐいもたすけ、「おばあちゃんはお腹わるいよってあげたらあかんよ」とわざと念押されて貰った占領軍のチョコもわけてやった。

　年巨のたのしみは、守口駅まで足をのばし、大阪新聞の屋根裏3ちゃんを立ち読みするくらいのものだったが、そのうち駅から降り立つ人の群れの中に、父に似た五尺八寸筋骨たくましく颯爽とした貴公子風の姿を探し求めることにかわり、時にはそれらしき風体の男の後について淀川の向うまで歩き、その家の表札をたしかめてみたりして、同年輩の近所の者とは口もきかず、周囲の百姓は、あれ頭いかれとんのとちゃうかなど噂が立った。

「この前、年巨が会社へきた時、社長はんがあんたの顔みて、えらい暗い顔してるいいはったで。なんかいやなことあんねやったらゆうてみ。そらまあ、お婆ちゃんはあんな具合やし、おもろないのはわかるけど、そやからお母ちゃんも気ィつこうて、あんたが腹へらさんようつとめてるつもりや。家におって辛気《しんき》くさいんやったら、ここでお母ちゃんと一緒にはたらいてみるか」

　竹代も心にかかるらしく時折は言葉をかけたが、年巨の気持からははるかに遠く、なんにしてもおかねに弥太郎の話をきくさいの、表と裏の如く吹きこまれる悪口がひびいていた。

「お父ちゃん、ほんまに死んだんやろか」

「当たり前やがな。お父ちゃんさえおったらこんな苦労はせんでもええねんよ。そやけど死にはった人のことばっか考えてても生きていかれへんやろ、しっかりしてやほんまに」

お父ちゃん、ほんまは生きとって、お母ちゃんとくらすのいややから、今は他におって、そのうちぼくをむかえにくるのとちゃうやろか、おかねの自信あり気にいった言葉など思いかえしながら、竹代が闇市で買ってきた一箇十円のにぎり飯をかじり、年巨はむっつりと白い眼をむいた。頭の中にある父親は、どこからみても理想の姿にちかいのだが、ただひとつ竹代のような女を妻にしたのが玉にきずで、しかもそのきずが自分の母親であると考えると、年巨の頭にもやがかかった。

明けて正月の三日、竹代が外出した留守におかねはつまみぐいの餅を喉につまらせて死んだ。いや、眼を白黒させて苦しむおかねを年巨がみつけ、やみくもに背中をたたくと、ろくに歯の痕もない切り餅がよだれとともにとび出し、たすかったかとみえたが、衰弱しきった体にはこれほどの衝撃もこたえたらしく、ぜいぜい息を切らせ、やがて寝入るようにこと切れた。そのいまわのきわにおかねは、年巨にとって耳よりな話をきかせた。

「ええか、ようききや、あんたのお母はんは、ありゃ継母《ままはは》やで。あんな耳たぼのうすい女といっしょにおったら、年巨も出世でけんわ。ようおぼえときや。竹代はありゃ継母やねんでえ」

とっさのことで、なんで、どないして継母や、お父ちゃんはどないなるんやときく暇もなく、おかねは、後、口をつぐんだままだった。

年巨が白張り提灯をかつぎ、リヤカーに棺桶をつんでひき、炭一俵十四円五十銭の特配と、大豆殻が二束、薪四束で野辺のおくりはすんだ。露天の焼き場で、轟々となる火をみまもりながら、年巨はそうか継母やったんかと、あらためて思いかえせば、なるほど戦災にあわぬ前の影のうすかったお母ちゃん、北河内へうつってからのすさまじいお母ちゃんと、その時々の自分への態度がいちいち納得がいって、つい気楽に含み笑いすると、みとがめた竹代は、「かわいがってもろたおばあちゃん死にはったのになんですか」と叱り、自分はしかつめらしく数珠《じゅず》をもんだ。さすが長患いの病人の姿が消えると、二年ごしのくもの巣の、まだはっきり壁のすみに形をとどめる掘立小屋も、急にあかるくなった。

それが当然のことのように年巨はおかねの後をつぎ、へたけずり、三箇一銭が二箇で一銭と値が上って、一日すわりづめ、うっかり鼻をすすれば脳天にセルの臭いのしみるほど精を出して、月に二百円の稼ぎになった。きいきいと削りながら年巨は父の好きだったという関の五本松をおかねゆずりの節でうたい、あきると相撲のつよかった父を真似て一人角力《ひとりずもう》、浣腸の山積みの中に倒れこみ、二日分の稼ぎをふいにしたこともあった。竹代はしきりに表で働くことをすすめたが、単調なへたけずりだからこそ、父と二人きりの会話ができると、年巨は心得て応じなかった。

家に手がかからなくなると、竹代はよく外泊した。ある時は少年工が盲腸で入院したからその付添、また、残業でおそくなり夜道が危いから寮へ泊ったと、いちいちもっともな理由だったが、一月の晦《みそ》日《か》の夜、すべてがばれた。男が酒に酔ってたずねてきたのだ。

硝子戸をたたく音に年巨が眼を覚ますと、かたわらに竹代の姿があり、客など訪れる気づかいない

てくれるねん」、その金はあんたとわいの折半にしよやないかといわれ、もしそれが本当ならなぜ自分で出向かないのか、年巨にも説明きいただけでインチキはすぐのみこめたが、とにかく損をするゆうたって下駄のちびるだけやと、社長のいわれるままに歩き、歩いてみると、丁度、八百屋魚屋などが配給登録制になる時期とぶつかっていて、けっこう丸一やら魚金やらの広告がとれた。

青年はもっぱら大新聞の記事を切り抜いては紙に貼り、紙面をつくり、社長はなにがおもしろいのか一日中三畳たらずの部屋にがんばって、年巨の集金をうけとると、約束通り折半にして、収入は一日百五十円から二百円にもなった。

はじめて自由な金をもつと年巨は、闇市を丹念に歩いて一皿二十五円のライスカレー、焼き大福、汁粉、クリームパンを食べ、八十円で慶応のボタンのついた学生服を買い、時には千日前まで足をのばして高田浩吉の実演を観て、急に生活に張りが出たが、それにつけてもこうやって金を稼がしてくれる社長に悪う思われたらいかんと、帰りには鰻飯はりこんで折詰を土産にしたりする知恵は、これはおかねゆずりだった。

一週間つとめて、一日平均百円稼ぎだから、ついズボンのポケットから十円札がこぼれおちたり、ハーシーのチョコレートの包紙が出たり、竹代の眼にも年巨のふところはわかり、なまじ口をとざしているだけ不安で、あれこれ問いつめたいのは山々だが、自分も男をくわえこんでいる弱味があって、「まあ体をこわさんようにな」とつぶやくだけ。

「お母ちゃん、男のおっさんなあ」と妙ないい方をして、「来る時はゆうてほしいわ、ぼくよそへ泊るよって」と年巨が申しでた。「ほんなお前気ィつかわんかて」かまへんといいかけて、さすがに気がひけ押しだまるのを、年巨は下着をボストンにつめそのままとび出し、心づもりは夜、無人になる新聞社の部屋、家出の決心だった。

留守番がわりに泊らしてくれというと社長はよろこんで、そらありがたいわ、まださむいよってここですきやきでもたいて食おやないか、お前肉買うてきてんか、わしは家から布団もってきたると、ばかに乗気だった。

その夜は焼酎に酔った社長と、一つ布団に寝て、年巨がいつものように父にしゃべりかけると、酔いつぶれた筈の社長の手が年巨の体にのび、しなやかに指がうごいた。年巨はおどろくよりなによりおそろしく、じっと寝入ったふりをして、また目覚めていると思われるのが恥ずかしく下手な空いびきさえかいてみせたが委細かまわず社長は年巨の背中におおいかぶさり、身も世もない感じでむしゃぶりつき、ときおり苦しそうに息を吐いた。しばらくして社長は上半身を起し、布団がずれて冷たい空気が年巨の背中をなでた。

年巨は、むしろむかえ入れるように動き、その底に社長のきげんをそこねたくない気持があった。さらに、柔道も強かったという父親に、今くみしかれているような錯覚がふとあった。圧倒的につよい父の力に押さえつけられ、その下で半ば悲鳴をあげつつ甘えているのだと思った。就眠儀式となっていた父との会話が、今、現実の形となりこれまで加えられたことのない重量が、リズムをもって年巨の体にようしゃなくのしかかり、それと共に竹代のものでもおかねのものでもない体臭が激しくただよい、いつか年巨は汗を流し、うめき声をもらしていた。骨がきしむほどの力がひとしきり加わって、嘘のように身がかるくなると年巨はまたねむりこけたふりにもどり、やがて、なにやら濡れた雑巾めくものでぬぐわれ、冷たさにハッと息をつめうっすらと眼をみひらくと、あたりは真の闇で、姿はないが布団の裾のあたり、社長のしきりと畳をふく音がきこえた。年巨はどこからが夢ともわからず、たちまちねむりこけた。

目覚めると、社長はもう算盤をはじいていて、「今日は天満《てんま》の方へ行ってもらうで、広告もそやけど、保険の口もあんね」と、まるでなにもなかったようにいい、年巨はすいっと昨夜を忘れた。そして、「ネンキョて、これ何と読むねん」。名前をきかれて、年巨はとしひろと答えたが、社長は、これからネンキョいうで、愛嬌あってええがなと押しつけられ、たしかに小学校の頃、年巨は教師にもこう呼ばれていて、ふとなつかしい想いがわいた。

やがて広告とりから宝くじの一等当選者が守口から出たとなると、その談話とりなどもやらされて、年巨はいっぱしの記者になったつもり、初めて名刺さえもち、急に運がひらけた感じで、「やっぱりお母ちゃんみたいに耳たぼのうすい女と一緒におったらあかんねんなあ」とおかねの言葉が腑《ふ》におち、もうちょっと早うこうなってたら、婆ちゃんに大福ぐらい食わせたったのにと、涙が出た。

八百屋魚屋の登録がすむと、急に広告が減った。無断で床屋質屋コーヒ屋の宣伝をのせ、ネンキョとってこいというから出かけると塩をまかれるようなあしらいをうけ、だが、三日に一度は社に泊りこんで年巨を抱く社長は別にくじけもせず、かえって頼もしくさえみえた。

「あのなあネンキョ、守口駅の横に古本屋あるやろ、あこのおやっさんおもろい人でなあ。いっぺんネンキョと話したいゆうてんねん。どや、御馳走になりにいかんか」

寝物語りに社長がいった。年巨は自分のことについてこれまでしゃべったこともなし、なにをどうそのおやっさんに紹介したのか、古本屋の親父がなんでおれを御馳走せんならんのか見当はつかなかったが、とにかくでかけると、相手は丸い縁の眼鏡をかけた貧相な男で、「はあ、あんたがネンキョさんか」。

御馳走といっても駅前のコーヒ屋でケーキを食べただけ、その後は大宮町の淀川のそばの、家財道具などまるでないアパートへ連れこまれ、男がまだ暮れぬうち布団をひきはじめて、ようやく年巨にものみこめた。

「ネンキョは年なんぼや、きれいな体してるやないか」と、男はねちねち視線をからませ、不意に唇を押しつけて来て、なによりも舌の入ってきたことに年巨はおどろいた。そして、「いつか森の宮で女の人がキスされそうなって、男のベロ噛みきったて新聞に出てたけど、これやったら噛めるな」などうつろに思い、たいした厭悪感もなく、なによりもうこうなった時に、感情をひょいっと遠くへあずけてしまう操作が、年巨には出来た。ネンキョと呼ばれる時の自分と、年巨《としひろ》は別物に思えた。

——ネンキョは、父と船に乗っていた。波の間に間にゆらぎながら釣をするうち、不意に父がネンキョを押したおし、それはグラマンが低空飛行で機銃掃射したからだった。敵機がとび去った後も、父は体をぴったりとネンキョの上に伏せ、再び襲うかもしれぬ銃弾からまもってくれている、父の重みにネンキョの膝は船板にくいこみ、だがネンキョは耐える、船はなおゆれつづけゆれつづけ——

四度目の敵機の襲来を考えたところで、男が体をはなした。眼鏡をはずして焦点のぼけたその表情と、いつの間にか布団からのり出していて、赤くすりむけた膝を、年巨はぼんやりながめていた。

「腹減ったやろ、ちょっと待ってや、パンと替えてくるさかい」。男はちいさなメリケン粉の袋を押入れからとり出し、ついでに活版ずりの本をみせて、「どや、これでも読まんか」といった。

その粗末なエロ本をながめるうち、ふと母を考えた。去年の夏、夜中に目覚めると竹代の白い太ももがくらがりのすぐかたわらにあり、年巨はさそわれるようにその浴衣でかくされた奥に手をのばし、のばしてから、こんなこと気づかれたらえらいこっちゃと、ぬきさしならずしばらくそのままなにもふれぬ竹代の脚の間に指を硬直させていた。次の夜みると、竹代はズロースをきちんとはいていて、年巨はやっぱり知っとんたんかと身のすくむ想いで、逃げるように自分を潰していた。

社長は週に一度、まるで何気なく御馳走食べにいかんかと年巨にいい、その先きはいつもちがっていて、詩人だという喫茶店の主人、心斎橋の肉屋、外語大の教師、経師屋、踊りの師匠、金はもらわなかったが、ジャンパーや皮の半長靴、M&Bの半ポンド缶をそれぞれ気前よくくれ、闇市に売れば、広告とりは稼ぎにならなくても、パン銀シャリたまにコーヒ飲む金には困らなかった。新聞の切り貼りをする青年も、年をきけばまだ二十歳とかで、これは一年前、大阪駅でぼんやりしてるところを社長にさそわれ、年巨と同じ役を負わされていて、普段はかわらぬ口調だが、興奮すると、「なにゆうてはりますの、いやらしいわあ」。女言葉になった。

五月に入ると、神社の境内や建物疎開の跡の小さな広場に、櫓《やぐら》がくまれ、豆電球がにぎやかに飾られて、いたるところ河内音頭の太鼓がひびいた。滝井神社の踊りの輪の、酒をのんで景気のいいのはすべて朝鮮人で、まわらぬ舌の、「スッキモンドというさむらいはア」とわめき立てるのをながめるうち、年巨はその中に竹代の姿をみた。多分、夏冬それぞれの一帳羅は米にもかえずしまっていたのだろう。紺の着物に、若竹色の帯をしめ、とても四十にはみえぬあでやかさでほんのり闇に浮き、ましてやまなじり吊りあげておかねのしいの器をたたきつけたおもかげはまるでなく、酔っているらしく男達のぶしつけに肩をだいたり、顔をよせるのをいやがりもせず、年巨にはきこえぬが、なにか冗談口たたいては、自分も笑いこけていた。

「なんや、あんなママハハ」とつぶやいてみても、さすがにそれ以上はみるに耐えず、そうや、あ

思わず年巨も二歩三歩ちかよりかけると、連れの洋服屋がとめた。「なんやネンキョ、やめとけよ、あらパンパンやないか」そしてばかにしきって竹代にいった。「よう人みて袖ひけよ、わいらは女いらんねんど、えらいすまんこっちゃったなあ」

「なんやてえ」、竹代が荒れた声をひびかせた。もういっぺんゆうてみい。おうなんべんでもゆうたるわい、お前らみたいなくされまんこはいらんのじゃ。みるみる竹代の表情がかわり、年巨の手をとったかとみると、洋服屋の前にわりこんで、「なんし帰ってもらおか、この子に指一本さわってもらいとうないねん、さ、年巨いきまひょ、いくんや」

あっけにとられる洋服屋に、年巨は説明するゆとりもなく、ただもう手をひかれるまま、人を突きのけ押しのけ、われにかえると、阪急電車の中にいた。

省線、京阪と乗り継ぎ、その間竹代は無言でいた。守口駅につくとすでに十時を過ぎていて、竹代は駅前のてんぷら屋で、紙のようにうすいとんかつを五枚百五十円で買い、腹減ったやろ、歩きもって食うたらええわと、はじめて口をきいた。夜道の池に食用蛙がしきりと鳴き、雨雲がはげしくとんでいた。年巨はいわれるままにとんかつをほおばり、その油のにじんだ指を「これでふいたらええわ」と竹代に渡された紙は、今は年巨も見覚えのある、あのかすかに香りのただよう京紙だった。

「どないしとってんな」、竹代は眼をそらせたままいった。家の中は年巨が出たころと同じで、まだ、浣腸の箱が積みあげられ、おかねのしいの臭いがしみつき、年巨はかたくなに竹代の長い着物の裾をみつめていた。

「あの男のゆうとったことはほんまか」「世の中にはけったいな奴おるよって、だまされたらあかんで」「なんとかゆうたらどや」押しだまる年巨に、竹代は涙声でいらだち、とたんに年巨もいいかえした。

「あんたなにしとんねな。ぼく知ってるわ、知ってるで全部」

「あんたて、なんでお母ちゃんていわんのん」

「お母ちゃんやないもん」

「そうか、そうやろな」急に竹代はがっくりと肩をおとし、お母ちゃんの資格あれへんわなあとつぶやいた。

「資格かなんかしらんけど、あんたママハハやないか、ぼくきいたんや」

「ママハハ？　誰がゆうてんな」

「お婆ちゃん死ぬ時ゆうたわ、いわれんでもうすうす気ィはついてたけどもな」

年巨は自分でも押さえがたく言葉がとび出し、その一言一言に竹代は顔色をかえた。

「まあええわ、ママハハでもなんでもよろし、そやけどな、男のおもちゃになるのんはやめとき。な？　これだけはいうことき、体こわすだけやないで、全部いかれてまうで」

「ほっといてほしいわ、ぼくの勝手やもん」

「勝手やあれへん、勝手やないねんて、やめとき」竹代は身をふるわせ、年巨の膝にとりついた。「ほんまのことゆうたらな、あんたのお父ちゃんも、そのおかしい方やってん」「お父ちゃん?」「そやがな、そいでな、お母ちゃんなんぼ苦しんだかわかれへんねん、まあそれはどうでもええけど、あんたまでそんなことさせとうないねん。わかるやろが」

「ウソや、お父ちゃんは男らしい人で、照国丸の機関士や、そんな男とちゃうが」

まだ声がわりのせぬ年巨の声がきんきんと部屋の壁につきささり、年巨は逃げるように後じさりした。

「おばあちゃんがなにゆうたか知らん、そやけどな、お母ちゃんのゆうとんのはほんまやで、そいでおばあちゃんはな、わてを追い出そう思うて、お父ちゃんの男あそびを、そそのかしよったんよ、あんたにはわからんやろけど、そらつらいことといっぱいあってん。これはほんまやで、ほんまやで、まだわからんのん、なあ、年巨」

竹代は逃げる年巨を追って、にじり寄り、両手をつかんで自分の胸におしあてたが、やがて着ていた着物の胸をはだけるなり、まだゆたかな乳房を惜しみなくみせ、「お母ちゃんのや、さわってみ、遠慮いらへんわ。これが女なんや、なあ、わかるか、お母ちゃんはあんたになんにもしてやれんかったけど、一つだけ役に立ったるわ、な、お母ちゃん抱き、かめへんやろ、お母ちゃんやもん、な、女を教えたるよ、これがほんまの女なんよ」

竹代は年巨を抱きしめ、年巨はまたお母ちゃんお母ちゃんと泣声をあげ、たわいもなく竹代のうごきに、ただもう漂うばかりで、「これが女よ、わかるかこれが女やで、ほんまもんの女なんやで」と竹代の声もかすれていた。


灰皿の、ヒロポン注射の綿のアルコールに煙草の火がうつり、ゆらゆらと室内を照らし出した。

「これからどないすんねん。少しやったらお金あるけど、東京へでもいって働くかあ」

竹代の声はもう平静にもどっていて、「このまま一緒に住むわけにもいかんやろし」と低くつづけた。

年巨はこたえず、赤くそまった母のちいさな耳たぼに見入り、そっと自分の同じようにしょんぼりとすぼまった耳をいじりながら、気を失うようにはげしく、だがあたらしいねむりの中にのめりこみ、あらがうすべなくのみこまれていった。

解放区

訪問客

織田作之助

一

家門君代という女はいつも、

「ああ煙草くさい、煙草くさい。」

とわざと蓮ッ葉に言いながら、チャラチャラと十吉の書斎へはいって来るのだった。

それが君代の挨拶であった。

君代はよれよれのズボンの膝を、何か無器用に折って、ぺたりと机の前に坐ると、

「どうしてそんなに煙草が好きなんでしょうね。病的みたいだわ」

しかし、そう言いながら手提の口をあけて、十個か二十個か、時によっては五十個の煙草を、出すのであった。箱にはいってないバラのままのこともあった。

「こりゃ凄い。沢山手に入れてくれたね。」

十吉はわざと軽薄にペシャリと額をたたいて、

「――いくらで買ってくれたの?」

「それが高いのよ。二十円でなくては廻さないと言うのよ。あたし憤慨したわ。」

口の大きな君代は、ちっちゃな掌をそこへ当てて、意味もなくケラケラと笑いながら、

「――こんなに高い煙草ばっかしギャンギャン吸ってて、破産しないこと?」

「もう破産しかけてるよ。」

しかし、僕には煙草は殆ど阿片みたいなものだからね、人間は貧乏では卑屈にならないが、煙草がなくなると必ず卑屈になるからね、卑屈になるくらいなら貧乏した方がましだよと、十吉は口の中でモグモグ呟きながら、何かあわてて金を出すと、机の上に置いて、そわそわと新しい煙草に火をつけるのだった。

君代は十吉が火をつけている隙に、その金を手提の中に入れながら、早口に、彼女がその煙草を手に入れるために、どんなに苦労したかという話を、「昨日は東今日は西と走り廻った」とか、「鼻の上に汗をためてチョンチョンかけずり廻った」とか、「雨の中を傘もささずにうろうろしながら、ひたすら煙草を探し歩いた」などという気取った言い方で説明し「あなたにお会いしてから、あたしの頭は煙が一杯モヤモヤモヤと詰ってしまったわ。」

あなたの為だから、こんなに苦労して煙草を探しまわるのよと、言わんばかしであった。

十吉はそんな話をききながら、この女はなぜこんなに自分のために一生懸命になってくれているのかと、だらしなくポカンと口をあけて、相手の顔に見とれていることがあった。

君代の顔はこぢんまりと可愛く纏まって、頬が痩せ、白眼が青味がかり、ふと美しかったが、雀斑《そばかす》が多く、おまけに口がいやらしい位大きかった。そして、その口を君代は、物を言う時にはきまってギュッと歪める癖があった。そして、その口に手を当てて、意味もなくケラケラと笑いながら、そっと十吉の顔をうかがうのだった。

それを見ると、十吉は何となくこの女はリアリストだなと、思われてならなかった。何かネバネバと皮膚に迫って来るものを持っている娘のようであった。

だから、二十二のまだ小娘でありながら、十吉の書くデカダンスな市井事小説を愛読するのであろうか。

「あたし、あなたの小説が好きですのよ。」

はじめて十吉の所へやって来た時、君代はそう言った。いわば愛読者として訪問して来たのである。十吉は若い娘の好きそうな小説なぞ書いた覚えはなかったし、むしろ若い娘が眉をひそめるようなものを多く書いて来たから、君代の言葉は意外であった。若い娘が喜びそうなたよりない作品も書いたのかなと、ふと情けない位であった。

「僕のものなんか読むのは、感心しないね。」

「あら、どうして……?」

「僕のはデカダンスだからね。軽佻浮薄《けいちょうふはく》で、人生を小馬鹿にして、キャッキャッしているような文学だからね。あなたのような若い娘さんがデカダンスになってはおかしいよ。」

すると、彼女はペロリと長い舌をだして、

「あたしそんなピューリタンじゃありませんのよ。」

そして、またケラケラと笑った。足の短かい君代は、ズボンをはくと、変に肉感的であった。

「そりゃどういう意味です。破戒でもしたんですか。」

「あたし、これでも過去がありましてよ」

いきなりそう言った。十吉は煙草の煙をやけに吹きだしながら、

「欺されたんですか、それとも欺したんですか。」

「まあ。――」

さすがに下を向いて、暫く赧《あか》くなっていた。

十吉は、ちょっと言い過ぎたかなと思いながら、間の抜けた顔をして芸もなく君代の耳の附根を見ていると、君代の肩が急にぶるぶると顫えて来て、あっという間にポタポタと涙を落していた。

ところが、暫らくすると、君代はきっと顔を上げて、涙も拭かずに、

「でも、あたし後悔してませんのよ。」

「でも――とは、どういう意味ですか。」

十吉は君代という女にいくらか辟易しながら、やはりからかう調子になっていた。

君代はただギュッと口を歪めて笑ってみせると、

「あたし、もう娘を捧げてしまいましたのよ。」

と、ひとりごとのように言って、ぬけぬけと喋りだしたので、十吉はますます辟易した。

君代が十九の歳の事であったらしい。絵の勉強に東京へ行っていた時のことで……、

「芸術家ですのよ。その人。」

「なるほど、芸術家、ふーむ。」

煙の輪を飛ばして、その行方を見ながら、

「――で、いくつ位の人なんです?」

「今年四十八の筈よ。」

「ふーむ、じゃその時は四十五、で、あなたは十九か。ふーむ。」

すると、君代はあわてて、

「でも、その人随分若く見えたわよ。それに、とっても親切で、エティケットを心得ていたわよ。」

「あなたは惚気《のろけ》を言いに来たんですか。」

ところが、三月ばかり関係があったのち、君代が「結婚を迫ってやると」その四十五の芸術家は、俺には同棲している女がいる、その女は俺より三つ上の四十八の大年増で、いやでいやでたまらないが、これまで随分世話になっているので、別れるわけにはいかぬと言う。君代はその女に会いに行った。四十八の女と十九の女が、その時何を話し合ったのか。四十八の女は芸者上りとかいい、一歩も君代に譲らなかった。君代は、その女のいる前で、四十五の芸術家の横面を、

「この卑怯者!」

と、撲って、大阪へ帰って来たということである。

「清々したけど、でも別れた当座は寂しかったわ。あなたも奥様がなくなられた時、寂しかったでしょう?」

「…………」

同じにされてたまるかいと、十吉は床の間の上の額にはいっている亡妻の写真を見上げた。君代も見上げた。十吉は亡妻がけがされたような気がした。

「奥様おいくつでしたの。」

「僕と同じ歳です。生きておればことし三十三です。」

四十五と十九なんていう仲じゃなかったんだぞと、睨みつけるように十吉は言った。

「どんな方でしたの。」

亡妻の写真は、君代を相手に喋っている十吉を、あわれんでいるようだった。

十吉はせっせと煙草を吹かすばかりであった。

「よく煙草をお吸いになりますのね。」

「はあ。吸いますよ。」

十吉の妻は心臓麻痺で死んだ。医者がかけつけて来た時は、もう息が切れていたというあっけない死に方だった。だめですと医者が言った時、十吉は何か欺されているような気がしたが、お気の毒ですと言う医者の言葉を聴きながら、十吉の手は妻の身体よりもまずマッチに触れて、煙草をふかし、吸い終ると二階へ泣きに上った――それほどの煙草好きであった。煙草が一日三本の配給になっても、量は殆ど以前と変らないくらい、まるで憑かれたように吸っている。

「集めるのに、苦労なさるでしょうね。」

「スカンポの栽培をしようかと思うくらいです。スカンポの葉は煙草の代用になりますからね。」

「紅茶は……? あたしの勤めている会社の人、よく紅茶をつめて吸ってますわよ。」

「あれはだめです。紅茶を吸うと頭が悪くなります。第一情けなくなります。――煙草が一日なくなると、僕はきっと気が変になって、突如として走り出したりするでしょうね。いや、きっと狂わせてみせますよ。」

十吉のその言葉に煙をまかれて、君代は帰って行った。帰りしな、

「こんどお伺いする時、煙草を何とかして手に入れて来ます。高くってもいいんでしょう。」

と、言ったので、十吉は煙草が切れそうになって来ると、君代の来訪を待ちわびた。

女子徴用令にひっ掛って、会社勤めをしている君代は、日曜日にやって来た。

「ああ煙草くさい、煙草くさい。」

と言いながら、わざと女学生のような子供っぽい服装をしてはいって来る君代を見ると、あたしは過去の失敗に負けていないわよと、小柄な全身で言っているようであった。

「煙草は……?」

「持って来てよ。十個!」

「しめたッ! ありがてェ!」

浅ましい声を出して手を出す十吉を、君代は、

「煙草ってそんなに夢中にさせる物かしら、そんなにいいものだったら、あたしも吸って見ようかしら。」

と、呆れながら、日曜毎にどこで手に入れるのか煙草を持って、やって来るのだった。

君代が手にいれる値段は、普通の闇相場より二、三円高かったが、しかし、そんなに高い煙草しか手にはいらぬのは、かえって苦労して探してくれた証拠だと、十吉は君代の親切がふとありがたかった。

そして、昨年細君をなくして、年寄りの家政婦と一緒に住んでいる独り者の家へ、日曜毎にはなや

かにやって来る君代のことを、家政婦や近所の人たちは、どんな眼で見ているのだろうと考えながら、十吉はにやにやするのだった。

君代は煙草だけでなく、肉や甘い物も持って来た。醤油や炭のような世帯じみたものも頼むと、何とかして手に入れて来ますと言って、その次来る時には、

「よっこらしょ。」

と、言って、持って来た。

十吉は、手にいれてくれた値段より多く金を渡すのは、失礼に当ると思ったので、余分に払わなかったが、その代り御馳走することにした。その都度、君代は台所へ行って、年寄りの家政婦をそっちのけにして、料理をつくってくれるのだった。まるで女房気取りだった。遠慮もせずに腹一杯食べるのだった。

年寄りの家政婦は、十吉に、

「あの娘さんを貰ってあげたらどうです。よく気がつくし、旦那さんのような若い方の世話は年寄りでは行き届きませんから。」

と、言い言いした。

十吉は、煙草を吹かしながら、君代のような女を女房にするのは、紅茶の煙草を吸うようなものだと思った。しかし、いよいよ不自由すれば、紅茶でも吸わなければいけないのだろうか。

二月ばかりたったある日曜日、君代は例によって煙草を持って来た。

「また高くなったのよ。」

君代は気の毒そうに言うのだった。

十吉は金を出して、机の上に置いた。すると、君代はそれを手提げの中にしまい込む拍子に、

「ありがとう。」

と、頭を下げた。

十吉はおやっと思った。なぜ、ありがとうと言うのだろう。二十円で買ってくれたものに、二十円払ったのに、礼を言われるのはおかしい。そう思っていると、君代は、

「あなた、珈琲いらない?」

と、早口に言った。

「今あるからいらないね。」

すると、君代はふとがっかりしたように、

「そう……? じゃ、スルメをこんど持って来てあげるわ。」

「スルメは好きじゃない。」

「でも、非常食になるわよ。今のうちに買っとかないと、もうはいらなくってよ。あたし五十枚買うんだけど、廻してあげるわ。」

「いや、結構だよ。うろうろ逃げまわりながら、スルメをかじるのは、みっともよくないからね」

十吉はそう言って君代の顔をみつめると、君代は、

「そう……？」

と言って、急に眼をそらしたが、ふとまた十吉の顔をみると、わざとらしいはしゃいだ声で、ペラペラと喋りだした。

帰りしな、君代は、

「あ、忘れてた。肉を持って来たのよ。百匁三十円よ。」

と、言って、肉を置いて行った。

翌る日、年寄りの家政婦は十吉に、

「いい加減に、あの娘さんを貰ってあげなさいよ。」

と、言った。十吉は、君代が持って来た臭い肉をまずそうに食べながら、

「だめですよ。」

「どうして……？」

「だって、あの娘は闇屋ですよ。ここへ持って来る闇のもので、口銭を取ってるんですよ。」

「へえ……？　でも、随分旦那さんが好きらしいですよ。」

「いくら好きでも、あんな風に女房の鏡台を借りて、化粧したり、女房の残して行った口紅を、無

断で使うような女は困るからね。」

しかし、そう言いながら、十吉はふと君代のよれよれのズボンを想いだすと、何だか君代があわれに思われるのだった。

二

関口秋男という青年は、はじめ十吉に手紙を寄越した時、

「――小生は君の作品を尊敬しているわけではありませんが、同じ土地に住んでいるという理由で、君に一度小生の書いたものを見て貰いたいと思うのです。都合おきかせ下されば幸甚です。」

と言うような書き方をする男だった。

十吉は、作品を見てもらおうとするのに、君などと呼び掛けたりするのは無礼だと思ったが、いわゆる文学青年になめられることには馴れていたし、またそんな高飛車な手紙を書く男の文学は、かえって見どころがあるかも知れないと思ったので、返事を書くことにした。

ところが、間もなくやって来た関口秋男は、おどおどした、みるからに貧相な三十五、六の青年で、文学は好きらしいが、作家になれそうな不逞《ふてい》な面魂はどこを探しても見つからなかったので、十吉はがっかりした。

「書いたものを持って来たの？」

「はあ。つまらないものなんですが、終りの方がどうも混乱しているように思うんですが、真中頃は時局的に書いたつもりです。」

「関口秋男用箋」と名前を入れた小さな草稿用紙に、墨のインキで「乙女の詩」という題が書いてあった。

「甘い題ですな。」

「ほかに『乙女の合唱』という題も考えたのですが……。」

「ほう……？　作家では誰が好きですか。」

「ドストエフスキに、ジイドです。」

「日本では……？」

「永井荷風と林芙美子です。」

「永井荷風が好きで、時局小説を書くのはおかしいね。」

「でも、時局を少し入れないと、芥川賞にならないって言いますから。」

「滝井孝作や内田百閒のものはどうです。」

「読もうと思っているんですが、まだ……。」

「滝井孝作は芥川賞の選者ですよ。」

「芸術派ですか。」

「さあ。何派でもないでしょう。」

「あなたは何派ですか。日本浪漫派ですか。」

「いや、日本軽佻派ですよ。あはは……。」

どうも、十吉の方が年上のような気がした。やがて、十吉は「乙女の詩」という関口秋男の原稿を、バラバラと読みだした。

関口秋男はそわそわとして、原稿をのぞきこんだり、十吉の顔色をうかがったり、生唾《なまつば》をのみこんだり、鼻をかんだり、きょろきょろとそこらじゅう見廻したりした。

その小説は「行け、時局の嵐の中へ！　純情の乙女よ男々しく！」というところで終っていた。

十吉は何とも批評の言葉もなく、暫らく煙草を吹かしていたが、やがて、

「全部で百枚ですね。三十枚ぐらいに縮めると、少しよくなるかも知れないね。」

というようなことで、お茶をにごした。

それから十日ほどたつと、関口秋男はこんどは「綱鉄の中へ」という百二十枚の原稿を持って来た。やはりお話にならぬようなひどい小説であった。十吉は、

「志賀直哉さんは、お弟子さんが原稿を持って来ると、二年に一作だけ見てあげようと言われるそうだよ。――志賀さんに言わせると、二年に一寸進歩するだけだというんだね。」

と、遠まわしに皮肉るのだった。が、空襲のはげしい最中に、工場づとめをしながら、せっせと百二十枚の原稿を書いていた努力を考えると、気の毒になって、その青年の右の手のペンだこが痛々しく見えた。着ている国民服もひどく汚れていて、ポケットに岩波文庫がはいっていることも、ふと哀れじみていた。蒼ざめて眼も充血している。

次に半月ほどしてやって来た時、十吉は、

「こんな調子では、いくら長いものを沢山書いても同じことだから、半年ほど何も書かずに、読む方に掛ってはどうです。」

と、一寸きついことを言うと、すっかりしょげて帰って行った。

それきり顔も見せなかったが、そのうちに戦争が終ってしまった。そして二十日余りたつと、三月ぶりにやって来た。見れば、鼠色のフラノの背広をきて、血色もよく、すっかり見ちがえるくらいだった。

「スマートだね。」

と、ひやかすと、いやあと頭をかいて、

「もう文学はやめました。工場もやめさせられたので、今は闇屋をしています。」

「ヤミヤ……?」

「ええ。ほしいものがあったら、言って下さい。安く廻しますよ。僕の持って行く奴は、よそより安いんです。煙草はどうです。」

「まア、待ってくれ。」

と、十吉は呆れて、

「――どうしてまた闇屋なんかを開業したんですか。」

すると、相手はライターをパチンと鳴らせて、煙草に火をつけると、興奮した口調で、

「僕は、女房と子供が三人のほかに、僕の母親と女房の母親を養わなくちゃならんのですよ、ところが、失業したでしょう。二千円の退職金では、三月ももちませんよ。そこで、この退職金を資本に、闇屋をやろうと思ったんです。工場の重役や課長連中は戦争が終ったどさくさまぎれに、ヂャンヂャン物資を家庭へ運んでいるし、将校や下士官と来たら、もっとひどいと言いますよ。ところが、そんな連中は結構食うに困らないのに、われわれはこのままじゃ餓死してしまいますよ。絶対闇のものを食べないことにして、配給だけでやって行くと、必ず病気になると、医者が言ってますからね。だから、闇のものは生命維持のために必要欠くべからざる必需品です。それだのに、われわれは高くて買えない。で、僕はいっそ闇屋となって、ほかの闇屋より少しでも安く売ることにすれば、人もわれも益するわけだと、思ったんですよ。」

「つまり、社会奉仕かね。」

「いやあ、そう言われると、てれくさいですが、――僕は堂々と、『闇屋でございます』と名乗って、

「はア、ありがとう。」

「けど、何かと代えていただかないと。」

「はあ……？」

「お米一升とならお代えしますが……。」

「承知しました。」

まさか煙草と米は代えられないと思ったが、しかし十吉には背に腹の方が代えられない。

家へ帰って家政婦にきくと、今一升持って行かれると、あと家に残るのは大豆ばかしだという。

しかし、十吉はその米を持って行って、カビくさい二十本の煙草をにぎって帰りながら、ものを考える必要のない軍人や、ものを考えようとせぬ官僚たちが、殆どただ同然の煙草をヂャンヂャン吸っているのに、ものを考えるのが職業で、しかも煙草がなくてはものを考えることも出来ない文化人には、一本の煙草の増配もないとは、これほど非文化的な国がまたとあろうかと、やけに憤慨していた。

戦争が終ると、闇の相場がだんだんに下りだした。軍や工場の退蔵物資が民間へ流れ出たためだという人もあった。煙草も一日一日値が下って来た。

「酒や女や競馬で身を持ちくずす人がいるが、俺は煙草のために身を持ちくずすかも知れない。」

と、言いながら、しかし煙草を欠かせられないので、高い煙草ばかし吸って来て、殆ど無一文になりかけていた十吉は、ほっとした。

おまけに、かつての文学青年の関口秋男が闇屋に成り変って、時価よりはうんと安い、しかも十吉には特別に安い煙草を持って来てくれるので、ありがたかった。

ところが、ある日、野々宮ハツが十吉の家の玄関へ、黝《あおぐろ》い、やつれ果てた顔を見せて、

「あのウ、お宅煙草いりませんか。五百本でも千本でもあるんですけど。」

と、言うのだった。

「米はありませんよ。」

と、その日は煙草のある十吉は、ひどく冷淡だった。

「いいえ、お金で買っていただければ、いいんです。」

値をきくと、時価よりもはるかに高かった。

「うちでは、もっと安く廻して貰ってますんで、安ければ何しますが。」

そう言うと、野々宮ハツは、

「お宅をあてにして何したんですから、買っていただかないと……。百本でも二百本でも買って貰えないでしょうか。」

と、哀願するように言った。

「安いのがはいったら、また知らせて下さい。」

野々宮ハツは、大きな腹を突きだして、すごすごと出て行った。

ところが、五日ばかりたつと、またやって来て、

「一円だけ安くしますから、百本でも二百本でも……。」

しかし、その時は、もう時価は一ぺんに三円も下っていた。そのことを言って断ると、

「そう……？　お宅だけを当てにしていたんだけどなア……。」

不貞くされたように言って、頭も下げずに帰って行った。

翌日、また顔を見せて、

「三円だけ安くしますから、どうぞ……。」

半泣きであった。

恐らく十吉がどんなに高い煙草でも買ってくれると思って、相当高いものを仕入れて来たのが、胸算用のあてがはずれて、困っているのであろうと思うと、十吉はふと気の毒になった。彼女は栄養不良のせいか、やつれ果てて、おまけに四度目の産も近いらしかった。

「じゃ、百本だけいただきましょう。」

五日たつと、また大きな腹を突きだして、雨の中をやって来た。

「よく降りますね。——何本でもいいですから。」

しかし、十吉は断って、その代り、祭で近所の百姓家からくれた餅を五つばかし、持たせて帰した。

翌日、いつもより元気な声で、

「昨日はどうも、……あのウお宅松茸いりませんか。」

礼にくれるのかと思っていると、買ってくれと言うのである。五貫ほどあるというのだが、べら棒に高かった。

十吉は松茸には興味はなかったし、それにそんな「走り」の高い松茸を食わなくとも、一雨一雨値が下って来ることを知っていたので、

「僕んとこは貧乏ですから、とても買えません。」

と、言うと、怒ったような顔をして、帰って行った。

ところが、翌日また雨の中を傘もささずにやって来た。

「一貫でもいいですから――。」

「松茸ですか。」

「ええ。」

「いりません。」

「お宅しか買って下さるところがないんですのよ。一貫だけでも……。」

「よそから貰いましたから……。」

「でも、うちのはこんなに大きいですのよ。味がちがいますわ。」

「………」

十吉は、雨に濡れた野々宮ハツの蒼ざめた顔を見ながら、あわれな闇屋だなと、ひそかに思った。

「だめですか。」

「まアね——。」

「五百目だけでも取っていただけません？」

「…………」

「五百目だけでも……。」

「…………」

「五百目だけでも……。」

野々宮ハツの玄関の声は、啜り泣いているようであった。

土砂降りの雨が、玄関へ吹き込んでいた。

蜆

梅崎春生

その夜僕も酔っていたが、あの男も酔っていたと思う。

僕は省線電車に乗っていた。寒くて寒くて仕方がなかったところから見れば、酔いも幾分醒めかかっていたに違いない。窓硝子の破れから寒風が襟もとに痛く吹き入る。外套を着ていないから僕の頸はむきだしなのだ。座席の後板に背筋を着け、僕は両手をすくめて膝にはさみ眼をしっかり閉じていた。そして電車が止ったり動き出したりするのを意識の遠くでぼんやり数えていた。突然隣の臂が僕の脇腹を押して来たのだ。

「何を小刻みに動いているんだ」

とその声が言った。幅の広い錆びたような声である。それと一緒にぷんと酒のにおいがしたように思う。

「ふるえているのだ」と僕は眼を閉じたまま言い返した。「寒いから止むを得ずふるえているんだ。

それが悪いかね」

それから暫く黙っていた。風が顔の側面にも当るので耳の穴の奥が冷く痒い。僕の腕の漠然たる感触では隣の男は柔かい毛の外套を着ているらしいが、僕は眼をつむっているのではっきりは判らない。暖を取るために僕は身体をその方にすり寄せた。すると又声がした。

「お前は外套を持たんのか」

「売って酒手《さかて》にかえたよ」

「だから酔っているんだな。何を飲んだんだね」

「全く余計なお世話だが、聞きたければ教えてやろう。粕取焼酎という代用酒よ。お前もそれか」

軽蔑したように鼻を鳴らす音がした。

「清酒をのまずに代用焼酎で我慢しようという精神は悪い精神だ。止したが良かろう」

まことに横柄な言い方だが口振りは淡々としていた。そういえば隣の呼気は清酒のにおいのような気もした。

「飲むものはインチキでも酔いは本物だからな。お前は何か勘違いしてるよ」

僕はそう言いながら眼を開いて隣を見た。僕より一廻り大きな男である。眉の濃い鼻筋の通った良い顔だ。三十四五になるかも知れない。黒い暖かそうな外套の襟を立てていたが、赤く濁った眼で僕を見返した。膝の間から掌を抜いて僕は男の外套に触れて見た。

「良い外套を着ているじゃないか。これなら小刻みに動く必要もなかろう」

男は微かに眼尻に笑を浮べた。しかし笑いはすぐ消えて何か堪える顔付になった。

「この外套、要るならやるよ」

「何故くれるんだね」

「だってお前は寒いのだろう」

「そうか。ではくれ」

いささか驚いたことには男は立ってさっさと外套を脱ぎ出した。下には黒っぽい背広を着ていたがネクタイは締めていなかった。男は外套を丸めると僕の膝にどさりと置いた。

「さあ、暖まりなよ」

「じゃ貰っとくよ。しかし全く——」僕は外套に腕を通し釦《ぼたん》をかけながら「お前も星菫派《せいきんは》だな」

男はふと顔を上げて聞咎める表情であったが、既に僕はその時着終って腰を掛けていた。郷愁を誘うような毛外套の匂いがしっとりと肩や背に落ちた。立てた襟が軟かく頬をくすぐった。冷えた体がやがてほかほかとぬくもって来た。僕が言った。

「これは俺に丁度いいよ。俺のために仕立てたと思う位だよ。しかしお前は何で俺にこれをくれたんだね。きっと明朝後悔するよ。もう憂鬱な顔をしてるじゃないか」

「まだ憂鬱じゃないよ。しかし外套脱ぐと恐しく寒いな。明朝のことは知らんが後悔するような予感もするよ」

「それならくれなきゃ良いじゃないか」

「俺は人から貰う側よりやる方になりたいと思う。そう自分に言い聞かしているんだ。お前はどういう気持で貰ったんだ」

「俺か」僕は指で釦をまさぐりながら答えた。「これで今の寒さがしのげると思ったから貰ったよ。降りる時かえしてやろうか。この釦は面白い形だな」

「かえして貰わなくても良いよ」

しかし男は寒そうに肩をすくめて眉根を暗く寄せた。男の裸の頸は蒼白く粟が立っていた。僕の方に身体をすりよせて来た。今度は男の体が小刻みに動いていた。僕が聞いた。

「今日は何処で飲んだのだね」

「何処ってあそこだよ」男は遠くを見るような目になり「今日は会社の解散式よ。潰れたんだ。さばさばしたよ。明日から俺一人だ。で、お前は何で粕取など飲んだんだ」

「俺は退屈だからよ」と僕は答えた。

「退屈だとお前は飲むのか」と男が聞き返した。

「そうだよ」

「何故退屈するんだ」

「偽者ばかりが世の中にいるからだよ」と僕は答えた。「俺はにせものを見ていることが退屈なんだ。だから酔いたいのだ。酔いだけは偽りないからな。酔ってる間だけは退屈しないよ。お前もどういう積りで外套をくれたのか知らないが、お前も相当な偽者らしいな全く」

それからはっきり覚えていないが、駅に降りて彼と別れたような気がする。翌朝眼が覚めたら外套はちゃんと枕もとにあった。たいへん寒い朝で、昨夜脱ぎ捨てた靴下がごわごわに凍っていた。昨夜の男はどうしただろうと考えたら直ぐ、鶏の皮のように粟立った男の頸のことが頭に来た。僕は部屋の中で外套を着て見た。誠に着具合の良い外套である。相当時代物らしいがまだ毛もふかふかしている。大きな六角形の釦が六つ胸についている。釦の色は黄色だった。

二三日経った。僕は通りで行列に加わりバスを待っていた。僕の前にいる男の後姿がどこか見覚えあるので考えていると、ふとその男が振返った。それがあの省線の中の男だった。僕を見て戸惑いしたようににやにやしたから、僕も一緒ににやにや笑った。勿論僕はあの外套を着用していたのである。するると男は急に怒ったような顔になって向うをむいたが、暫くして又振返った。

「なかなか立派な外套でござんすね」

彼は皮肉な調子でそう言った。

「どういたしまして。お粗末なもんですよ」と僕は言い返してやった。彼は少しまぶしそうな顔をふらふらする頭を定めて僕が怒鳴った。怒鳴った積りだけれど呂律がうまく廻らない。

「そうよ」あいつは平気な顔でそう言った。「明日船橋に用事で行くんだ。外套がないと都合が悪い」

「じゃお前は追剥だな」

「追剥」彼は一寸手を休めたが「追剥、で結構だよ。俺は追剥だよ」

下から見上げているのではっきり判らないが、その時彼はおそろしく悲しそうな顔をした。その声も泣いているのじゃないかと思った位だ。僕は急に力が抜けてどうでもいいやという気分になった。僕は自然に両手を後に伸して外套を脱がせ易い姿勢をとっていた。

「此処は何処だね」そのままで僕が聞いた。

「渋谷だよ。地下鉄の終点だよ」

男の声は矢張傷ついた獣のように苦しそうだったが、それでも僕から脱がせる作業の手は休めなかった。そういえば上の方に歩廊の天蓋が見えた。僕は歩廊の壁にあるベンチに寝ているらしい。外套を剥取ると男は一寸僕の額に掌をあてて、元気で家に帰れよ、と言ったらしかった。そして歩廊を踏む靴鋲の音が遠ざかって行った。僕はそのまま再び深い眠りに落ちた。

翌朝のしらしら明けに眼が覚めたら、寒いの寒くないのってありやしない。僕の身体は洗濯板みたいにコチコチになって、暫くは起き上れもしなかったほどだ。凍死する一歩手前まで来ていたんだろうと思う。なくなったのは外套だけで、あとの物は全部残っていた。僕はしゃちほこばって駅を出、喫茶店で熱いココアを作ってもらって人心地ついた。外套そのものは無論惜しくなかったが、そのために凍死しそうになったことが口惜しかった。外套があると思えばこそ酔っぱらってあんな場所に寝る気になったんだろうから。

しかし口惜しかったのはその朝だけで、昼からは直ぐ忘れてしまった。寒い街角を曲る時などにふとあの外套の感触や黄色い釦のことを想い出したが、かえってさばさばした清々しい気持がした。あの男とも一度位逢うかも知れないと考えていたら、二三日経った日の夕方駅前の広場でバッタリ出会った。僕はその広場の一隅で三角籤を買ったりして遊んでいたのである。弱い冬の没日を背にしてあの男は外套を着て空のリュックを持ち、大きな足どりで広場を横切るところだった。僕は声を掛けて呼止めたのだ。

今日は彼は洒落たスキイ帽を冠りリュックをぶらぶらさせて近附いて来たが、ふと見ると外套の釦の中ひとつは捥取られ、ひとつはぶらぶらと落ちかかっていた。彼は外套の胸を外らし、見下すような眼で僕を眺めた。何だか誠に落着いたふうである。

「釦はどうしたね」

と僕は訊ねた。彼もうつむいて釦の箇所をちらと見た。

「うん。捥《もぎ》取られたよ」

がら、次のように呟いたことを想い出す。

――俺は贓品《ぞうひん》を身につけているのだぞ。

俺にはその時この外套が鎧のように厚ぼったく頼もしく感ぜられたのだ。俺は毒々しい喜びを感じながら真直切符売場へ進んで行ったのだ。


切符を買って乗込んだ電車は満員だった。荷物と人間が重なり合って、あの鋼鉄車が外から見るとふくらんで見えた位だ。俺は次第次第に反対側の扉の方に押されていた。ところがふと見るとその扉口には扉がないのだ。あけっぱなしなんだ。そこに矢張り闇屋らしい若い女がいて、ついにたまりかねたかそんなに押しちゃ落ちるわと悲鳴をあげた。

そんな時にはどこの世界にも義侠心の過剰な人物が出るもので、この時も一人の頑丈な四十位のおっさんが出て来たんだ。なりは闇屋風だが誠に善人らしい顔付だった。

――わしが代ってやる。もっともっと混んで来るんだ。姐ちゃんの力じゃ押し落されるぜ。さあ代ったり代ったり。俺が扉口の栓になったる。

混んでるのを身体を入れ替え入れ替えしてそのおっさんが栓の位置に頑張ることになった。娘はやっと車内に入れたわけさ。俺か。俺は押されておっさんと身体を接する破目となった。おっさんは片手で車体の真鍮の棒を握り、片手で大きなリュックの紐を握っている。リュックはおっさんの脚と俺の脚の間にあるわけさ。そんな具合で電車は走り出したんだ。

俺は揺られながら、先刻の気持を反芻するように思い出していた。あの駅の前の気持は一時の露悪的な昂奮じゃないのか。そうも考えた。しかしその荒んだ気持はその時もまだ続いていた。先刻みたいな毒々しい喜びはもはや消えていたが、その代りに静かな怒りのようなものが俺の胸いっぱいに拡がっていた。俺は俺の過去のことを考えていたのだ。

会社に勤めていた時俺は真面目な会社員だった。俺は良く働いた。俺は悪いことをしなかった。誰からも後指をさされなかった。俺は適度に出世し皆からも好かれた。そしたらいきなり会社が解散と来やがら。涙金を頂戴してそれでお終いよ。しかし俺はまだ絶望はしなかった。あの晩が解散会よ。解散のどさくさで誰が何を持ち出した、誰がいくら胡魔化したと、酔いが廻るにつれて暴露し合い出して、最後の時分は宴席のあちこちで殴り合いさ。浅間しいもんだ。俺の馬鹿正直な性格は誰も知ってるから、俺には何とも言やしない。俺は宴半ばにして、大量の胡魔化しを暴露されて殴られた会計係の老人を抱えて、駅まで送ってやった。この老人はもともと非常に狡猾な奴だった。俺はせんからそれを知っている。それにも拘らず俺は酔っぱらった彼を抱えて駅まで運んでやった。運んでやる義理はなかったんだ。ぐにゃぐにゃする老人の体を苦労して運びながら、俺は何の情熱でこんなことをしているのかとふと疑う気持が起った。しかし俺は歯を噛むような気持で、自分にその時言い聞かせた。善いことのみを行え。悪いことから眼をそむけろ。困った人を見れば救ってやれ。人に乞うな。

人から奪うな。人にすべてを与えよ。——そう口の中で繰り返して呟きながら俺は何の喜びもなく老人の体を運んでいた。ほんとに何の喜びもなく！

駅に着いて電車の中に老人を押し込んだ時、扉がしまる一寸前だったが、老人は黄色い歯をむき出して俺にささやいた。お前さんは善い男だよ、ってな。

俺を歩廊に残して電車は出て行った。俺は何故か醜く亢奮してやたらに線路に唾をはき散らしていた。俺は酒のせいか嘔きたい気持を一所懸命に押えていたのだ。それから次の電車に乗ってお前と会ったな。お前にあの時外套をやったのは、お前が寒そうにしていたからだけじゃない。俺はも一度何かを確めたかったのだ。あのもやもやしたものを判然させたかったのだ。ささやいた時のあの老人の嘲けるような笑い顔が、しつこく頭にその時もこびりついていた。

翌朝俺が外套の件で後悔したとお前は思うか？

それよりも渋谷の駅のことをお前に話そう。あの時は俺は偶然酔い倒れているお前を見つけたのだ。お前というより外套を。お前からあの時、追剥だと言われた時、俺は実は身体のすくむような戦慄が身体を奔り抜けるのを感じたのだ。しかしそれが擬似の戦慄であることを、俺はその瞬間でも意識していた。だってもともと俺の外套だからな。そして、これが大事なことだが、その戦慄は贋物であったにしろこの俺にはぞっとするほど気持が良かったのだ。その感じは、実に俺にとって新鮮極まるものだった。俺は寝ているお前の体から離れて行く時程、足が軽かったことは近来にない。他人の外套を剥いだということが、何故こんなに気持が良いのだろう。それは何故だろう。そんなことを考えつつ俺は背後から押して来る圧力に堪えようとしながら、肩をしかと扉口の栓の男の胸に当てていた。その時俺はふと気がついたんだが、真鍮の棒を握りしめたその男の指が白く血の気を失っているのだ。それほど必死に握っているのだ。無理もないのだ。おっさんの体は半分以上車体の外に出て、車が揺れる度に俺の肩が背後の圧力を加えておっさんの胸にぐっとのしかかるのだ。しかし人間の自尊心というものはおそろしいものだな。そんなになってもおっさんは笑っているんだ。笑いといえるかな。顔を歪めておっさんは明かに笑おうと努力しているのを俺ははっきり見た。

人がだんだん立ち込めて来た。とにかく身動きができないのだ。始め扉口にいたあの娘な、あれが俺の脇にいたが、曲った俺の姿勢から俺の眼は、女の下半身が一部分見えるのだ。女はやはり人にはさまれて動けないらしいが、どういう加減かスカートが捲れたままに押しつけられていて、白い腿が俺の眼に見えるのだ。こんな寒いのに女は素足だった。真白い腿だった。電車がカアヴにかかる毎にその腿が緊張する。ぐっと俺は押されて肩でおっさんの胸を押す。おっさんはあえいだ。

――にいさん、ちょ、ちょっと。押さ、ないで。このリュックを……

そして又ぐっと来た。おっさんはその時は既に真蒼になっていた。俺だってどうすることもできやしない。反対側にかしいだ時おっさんは棒を掴み直して態勢をととのえようとした瞬間だった。突然強烈な反動がぐっと起り、俺も危く扉口に抱きついた瞬間、力余った俺の肩がおっさんの身体を猛烈に弾いたのだ。あっという間もなかった。血も凍るようなおそろしい瞬間だった。おっさんの指は棒から脆くも外れ、必死の力で俺の外套の胸をはたいた。思わず俺は片手でそれをはらいのけたのだ。おっさんは獣の鳴くような声を鋭く残して、疾走する車体の外にぶわぶわと落ちて行った。俺は全身が燃え上るような感じで扉口にしがみつき、両足でしっかりリュックをはさみ込んでいたのだ。

——落ちたぞ。誰か落ちたぞ。

其処らで声が叫んだ。しかしおっさんが落ちたために、扉口の辺はいくらか凌ぎよくなったのだ。

俺はまだふるえが止らなかった。

——落ちたって何が落ちたんだい。

奥の方でそんなのんびりした声が聞えた。

——人間だよ。

と誰かが応じた。誰だ、誰が落ちたというんだ、とざわめく声の中で、

——誰だっていいじゃねえか。明日の新聞読めば判るよ。

あののんびりした声だった。どっと笑い声が起った。俺の近くでも皆わらった。就中《なかんずく》あの女は（おっさんに代って貰ったあの娘だ）キイキイという金属的な笑い声を立てて笑いこけたのだ。あの白い腿が笑いのために艶めかしく痙攣するのを俺ははっきり見た。

お前はその言葉をユウモアだと思うか。

俺は思わん。思わんが俺も笑い出していたのだ。俺は可笑しくはなかった。しかし笑いがしゃっくりのように発作的にこみあげて来るのだ。俺は扉口にしがみつき、全身をわななかせながらヒステリイのように笑いこけていたのだ。俺は涙を流しながら、ヒイヒイと笑いつづけた。終点につくまで俺は腹の皮の痛くなるほど笑いつづけていた。俺の外套から釦がひとつなくなっているじゃないか。おっさんがむしり取ったに違いないのだ。あの善良な義侠心あふるるおっさんが、あれほどの努力の後、あの黄色い釦をひとつ握りしめて芋虫のように転げ落ち、線路脇に冷たくなって横たわっている処を思った時、俺は何故か笑いが止度もなくこみあげて来るのを辛抱できなかったのだ。

終点に着いたら潮を引くように人々はぞろぞろ降りて行った。おっさんのことなど皆忘れ果てた顔付で、我先に車を出て行った。俺は最後まで残っていた。そして俺はおっさんが残したあのリュックを、うんとこさと背中にかつぎあげたのだ。おそろしく持ち重りのするリュックだった。俺はそれをかついで山手線に乗り換え、そして家にたどりついた。帰り着くまでに何度このリュックを捨てようと思ったか知れやしない。それほどずしりと重かった。俺は腰を曲げて歩きながら次第に気持が沈鬱になって行った。

家に着くと女房が出て来た。俺の女房というのは至極無感動な女で、何事にも驚いたためしがないのだ。俺がかついで来たリュックを開いて、あら、ひ、じ、みだよ、と落着いた声で言った。

だった。肩が冷えて来て慄えが始ったけれども、俺は耳を離さなかった。そして考えていたのだ。俺が何時も今まで自分に言い聞かしていたことは何だろう。善いことを念願せよ。惜みなく人に与えよ。俺は本気でそれを信じて来たのか。

おぼろげながら今掴めて来たのだ。俺が今まで赴こうと努めて来た善が、すべて偽物であったことを。喜びを伴わぬ善はありはしない。それは擬体だ。悪だ。日本は敗れたんだ。こんな狭い地帯にこんな沢山の人が生きなければならない。リュックの蜆だ。満員電車だ。日本人の幸福の総量は極限されてんだ。一人が幸福になれば、その量だけ誰かが不幸になっているのだ。丁度おっさんが落ちたために残った俺達にゆとりができたようなものだ。俺達は自分の幸福を願うより、他人の不幸を希うべきなのだ。ありもしない幸福を探すより、先ず身近な人を不幸に突き落すのだ。俺達が生物である以上生き抜くことが最高のことで、その他の思念は感傷なのだ。釦を握った屍体と、啼く蜆と、舌足らずの女房と、この俺と、それは醜悪な構図だ。醜悪だけれども俺は其処で生きて行こう。浅墓な善意や義侠心を胸から締出して、俺は生きて行こうとその時思ったのだ。——」

此処で話を途切らせると、男は卓の上の冷えた珈琲をぐっと飲んだ。外には何時しか夕闇が深くおちかかっていた。

「——それで」と僕がうながした。

「翌日」と男は袖で唇を拭きながら「俺はリュックを持って出かけ、ある町角にそれを拡げたのだ。一時間足らずの中に俺は皆売り尽して相当の金を得た。予想よりもずっと大きな金額だった。俺はそれから又船橋に出かけ、蜆を買って来た。今日も既にさばいて来たのだ。この空のリュックがそうよ。――これで話はお終いだ」

男は言い終ると顔をあげ、翳の多い笑いを頰に浮べた。

「――お前が言う程の面白い話でもなかったが、しかしまあ退屈はしなかったよ」と僕が言った。「お前の新しい出発について、俺はこの冷えた珈琲で乾杯しようと思うよ」

「待ってくれ」と男は手をあげた。「もう彼岸も遠くないし、俺もこんな鎧は必要じゃない。俺は今からこの外套を売り払おうと思うのだ。そして今夜はお前と一緒に飲もう。乾杯はその時まで延ばせ」

「それも良いだろう」と僕は答えた。「全くお前は良い処に気がつくよ。しかし売るについては、その前にその外套を、も一度だけ俺に着せてくれないか」

僕は男が脱いだ外套に手を通して見た。あの柔かい重量感がしっとりと肩によみがえって来た。僕はポケットに手をつっこんだ。何か堅い小さなものが幾つも指にふれた。

「蜆だ」

取出して卓に並べると十箇ほどもあった。それから気付いて男は自分の背広のポケットを探ったら其処からも出て来た。ズボンの折目からも二箇ばかり出て来た。

「へんだな。どこからこんなに忍び込んでいたのだろう」

男はそう言いながら一寸厭な顔をした。

それから僕等は喫茶店を出て、広場に面した小さな古着屋でその外套を売払った。あの取れかかっていた釦はその店で僕が引きちぎって、背広のポケットに収めた。

その夜、僕等は飲屋で先刻の蜆を出して味噌汁を作って貰い、それを肴に粕取焼酎を痛飲した。ぐでんぐでんに酔っぱらって、僕は彼と駅の前で手を振って別れた。


その後僕は彼に会わない。彼はその後平凡な闇屋になったんだろうと思う。会いたい気持も別段起らない。

あの夜僕がポケットに収めた黄六角の釦は、別に用途もないから机の上に放って置いたら、先日下宿の子供が来て玩具にくれと言うからやってしまった。お弾きにして遊んでいるのを二三度見かけたが、この頃は見ないようである。もう飽きたんだろうと思う。

野ざらし

石川 淳

一

トタン屋根に鉋もかけない羽目板をぶっ附けたというだけの、ごくざつな作りで、まぐちの硝子戸をとりはらったところはどこやらの裏口としか見えないような狭い土間いっぱいに、いつも葱とか大根とか季節の青物を積みあげてひさいでいたやつが、昭和二十二年のくれに迫って、突然野菜の自由販売禁止という気まぐれなふれが出たとたんに、店さきの品物はともかく引っこめてはみせたが、なに御方便なもので、官の睨みの一向にきかないことは例のごとく、あかるいうちこそひと目をはばかってはいるものの、灯ともしごろになって、買いつけの客がそっと顔を出すと、もってらっしゃいで、白菜の二つや三つはどうにでもなろうという趣向で、何にしてもここの稼業は八百屋かとおもわれもするが、これが必ずしもそうではない。というのは、このほんの一つまみほどの小さな建物は一軒にして四つの店をもっているからである。

東都の西南のはずれにあたる郊外電車の駅のすぐそばで、このへん兵火はまぬかれたが、疎開跡の空地をねらって負いくさのどさくさまぎれにわらわらと立てこんだあやしき賤の小屋掛の、これはその片隅にあって、建坪にしてせいぜい十二三坪、一軒建をせちがらく四つに仕切って、向きでいえば東の青物店からはじめて南西北と似たような切りつめた店がまえは、どれも角店といっていえないこともないが、大道に正面きった表だっての気合ではなく、場所がらだけにガードの上を走る電車のとどろきをあたまから浴びて、ぐらつく柱のかげに、目の寄るところに玉となり近所と同様、昼なお暗い裏口のあきないと眺められた。

そういっても、みずから日蔭者らしく肩をつぼめて見せるようないじけたところなど微塵もない代りには、店であつかう品はさすがに官の無理押しつけのいかさまものとはちがって、からだを張った売物のなかなかぴんとしたもので、菜っ葉にしても不景気にしおれたやつは配給品ばかり、くだもの統制外とあっておおっぴらに並べている林檎も蜜柑もつやつやと、いっぱし小癪な業体は、庇つづきの南側の店もまたそのいきで、但こちらは商売ちがいの文房具屋、便箋封筒など一通りのほかに、石鹸やらマッチやらをそなえたまではまあ殊勝だが、このマッチが目じるしのくせもので、つい下に置いた箱の中にはいつもたばこを切らしたことがないのだから、こいつ、青物店の奥に餅米の袋がしのばせてあるのとやっぱりおなじ手口だろう。つづいて西側は、これは昼間ぴったりと戸を立てっきり、硝子のこわれているその戸の枠にはベニヤ板が打ちつけてあるので、行きずりには内のようすは知れにくいが、建附のまがった隙間からのぞいて見れば、ちゃちなスタンドのかげに一升壜ビール壜など何本かころがっていようという酒場のけしきで、実際に日のくれどき、青物店と文房具屋とが早めに電燈を消すころになると、すぐスウイッチを切りかえたようなぐあいに、爰元にほんのり灯影が洩れて来て、スタンドに黒いあたまがぽつぽつ、窮屈な店の中が結構いっぱいになるというのは、いかにも野武士の商法、車がかりの陣だてで、昼夜を問わずこのまわりをうろつく亡者どもはひとりもただでは通すまじい計略と見てとれた。しかるに最後の北側の店では、ここにはまだ店というほどの作りはできていないで、床も取りつけず、がらりとした土間の、ほこりのたまった隅に投げ捨てられた炭俵の古いやつが二つ三つ、それでもこれが空地ではないしるしまでに外側から板きれが荒く釘づけになっているが、借手の口がかかると一切ことわって、ちかごろではわざわざ「貸店にあらず」という貼紙を出しているのを見ると、いずれなにかに使うつもりらしくはあるものの、豚一匹ほどの野望をつなぐにさえ鼻がつかえるようなこのせせこましい囲いうちに、何の魂胆を秘めているともうかがい知れなかった。

ところで、この四つの店をもつ一軒の屋根の下には、ひとが三人住んでいた。じつは、だれの目にもとまってそこに住んでいるとみとめられるのは二人であった。その中で、近所ではハゲ民で通っている民三というのがここのあるじである。当節はどういうわけか無頼仲間ですらちょくに名をいいあ

こういうあたまにはならない。これを遠望すると、濯濯《たくたく》としてハゲである。すなわちハゲ民の渾名の起る所以であった。この渾名にはいくらか侮蔑の意はあったが、またいくらか昵懇の情があった。たぶん、このあたまに何となくかなしい愛嬌がただよっていたせいかも知れない。そもそも民三がいくさのちみずから八百屋と名のってあらわれたのは事に依ると旧制度から新世態に転入するために、身分切替の都合上名刺を手製で刷りかえてみせたのではないかと、そうおもわれるようなふしが無いでもなかった。このとき、もしひとが民三の生理について厳重に検査したとすれば、これはあきらかに全身ことごとく旧制度的で、しかもそのもっとも悪質のものに属する。今人はかつての星のついたお仕着の衣紋竹に対して、もはや憎悪と汚辱しか投げつけないだろう。そして、新世態はたちどころにこの八百屋のニセモノ性を見やぶって、その転入を拒絶したであろう。この間にあって、わずかに民三を諸家の台所になじみのおやじと見ちがえさせるものは、いわば俗受のするハゲあたまの、かなしい愛嬌のほかに何も無い。民三は古い曰くつきの帽子を脱いで、このあたまをぺこりと下げてみせることに依って、どうやら新世態の裏木戸からこそこそと、押すな押すなのひとごみにまぎれて辷りこんでしまったものらしい。

いいあんばいに、この界隈もやっぱり関所やぶりの、いずれ身許不詳の寄あつまりと見えて、だれも民三の来歴などに気をまわすようなむだなことはしない。それに、だれにしろ、あまり見ばえもしないおやじのハゲあたまよりも、もっぱら娘の道子のほうに眼をひかれたのは当然だろう。といっても、その容姿がきわだって美しいということではない。なるほど二十歳を三つ四つ出たかと見える年ごろの、熟れるだけは熟れきったからだつきで、小麦色とでもいうか、下ぶくれの頬のみずみずしく、ふくれすぎたところがいっそにくからぬ当世風ではあるものの、そのへんにのぞき眼がねの見当を定めさせるには、この娘、あまりに立居めまぐるしく活発であった。一日じゅう、家の内外のけじめなく、自転車に乗って飛びまわるか、大きな袋をしょって満員の電車に割りこむか、東側の青物店で大根の泥をかぶっているか、南側の文房具屋で白いエプロンをちらちらさせているか、そうして店にいるときでさえ、絶えず手足をこまめにはたらかせて、ものいいも早口で、決してじっとしているということを知らない道子なのでもしどこかでこれを見そめたやつがあったとすれば、そして実際にそういう娘はあちこちに少くないのだが、それは目ざす敵の姿かたちに鼻毛をのばしたというよりも、いわばこの複素的な運動の渦中に巻きこまれたようなものだろう。したがって、惚れたやつのほうでもずいぶんいそがしい。まさか自転車のあと満員電車の中までは追いかけきれなかったにしろ、つい店さきにかよって来て、小さな蜜柑の五つ六つ、うすっぺらな封筒など買うぐらいの、けちな客は根よく足をはこんで、ときに厚かましいのがおやじのいない隙をうかがって、買ったばかりのたばこの火を借りるのを手がかりに、なれなれしく話しかけでもすると、娘はかろく二言三言、すぐ読みさしのリーダース・ダイジェストかなにかのほうに向きなおって、とりすました横顔しか見せないというあじな仕打で、この読書が趣味かとおもわれるが、趣味はそればかりでなく、狭い文房具屋の板壁にべたべた貼りつけた木炭紙の水彩画は、ふつつかな筆つきながら、みな当の娘のすさびに成るものだそうで、図柄は風景がおおく、夏の白根とか雪の赤倉とか、これがことごとく当人曽遊の地の写生とやら、そうなると趣味はリーダース・ダイジェストからはじめて美術登山スキーと広汎にわたり、どうやら話は当世流行の文化的性格をおびて来るもようで、しかも今日の業体は文化の美術のという甘ったるいものではなく、生活の裏側に筋金を入れているような実質豊富の小屋掛渡世なのだから、明闇両面にわたってのはたらき、娘の小腕にしてはできすぎた芸で、あわよくばこれをくどき落そうというつもりの男の側でも、たかがたばこの買なじみというぐらいの古風な手では追いつかず、よっぽど生活の次元を高くしてかからないと、旗鼓相当るわけにはいかないだろう。げんにこの店の繁昌は、なにも蜜柑と封筒のけちな客のおかげではなく、べつに娘に惚れる要のない近所の嬶殿がほかの店の前を素通りしてまで買いに来るというのも、つまりは品物と客あしらいとのよいせいでおやじの八百民などはだれも知らず、娘八百屋で名が通っているのはすなわち道子の功である。まったく、民三は見かけにたがわず、だいぶ毛のたりないあたまのようで、むかしの武略のほどは知るよしもないが、今日の修羅場のただ中に四面車がかりの陣を張ろうというのはとてもおやじがさかさに振っても無い智慧の才覚ではなく、じつは娘の采配とは、ちょっと店のようすを見ただけでも、ふりの客にさえ呑みこめた。

すでに父と娘とがいるのだから、また娘の母というものがいるはずである。たしかに米穀通帳にも三人の名が並べて記してはあるのだが民三の妻の欄は手ずれでインクがうすれているので、何という名かはっきり読めない。家の中ではさらに影がうすく、ついぞ店さきに姿をあらわさず、近所ではだれもその顔すら見知っていない。しかし、家の中にいることはいる。いや、家から外に出ることは決してないようなけはいである。ときどき民三が奥をのぞきこむようにして「おい」と呼びかけ、また道子が「おかあさん」と呼びかけると、かすかながら奥のほうで応えがして、かたこととうごく音が聞えるのだから、あきらかにそこには生きているにはちがいなく、これが足腰の立たない病人ともおもわれないが、こういうふうに無事息災に生きているということは、まあ死んだも同然のものだろう。それにしても、このせまくるしい家の中で、奥とはどこのことか。奥にも表にも、つい風が吹き抜けの、柱のかげさえ無いトタン屋根の下に、たとえば夜、どこに三人寝るのだろう。いやでも三人かたまりあうほかなさそうなこの場所にあって、事実いさかいの声一つたてたことがないのに、ありようはめいめい別別の向きをとって、寝るときも店の隙間のあちこちにわかれて、おなじイガから割れて出た栗のようにあたまが三つ散らばったかたちで、やがてどこまで裂け散って行くのか、それがまた生活上三態の姿勢とも見立てられるようであった。昼のあいだは東側の店も、南側の店も双方とも娘が出とおしの立役者のけしきで、それでは死んだも同然のおふくろはともかく、おやじの出る幕はどこにも無いはずだが、よくしたもので、夕方西側の店に舞台がまわって、そこに灯がはいると、これは民三の出番である。こいつ、昼夜交代で娘がおやじに店の采配をわたしたのかとおもうと、必ずしもそうではない。道子はどうもみずから西側の店に出ることは好まないらしく、粕取焼酎の壜に対しては露骨に顔をしかめて見せた。それとても、アルコール飲料はたしまないというわけではない。つまり、粕取焼酎にたかって来るようなやつらは鼻つまみということである。

二

押しつまって、大晦日の夜、いつもよりは遅くまでついていた町の灯がそろそろ消えかかるころは、すでにあたりの仮小屋の店はみな戸をおろしていて、ひっそり暗い中に、八百民の西側の店だけは、例のベニヤ板を打ちつけた戸の隙間から、まだほのかに灯の色がちらついていた。ときに、その戸があいて、ふらふらと出て来た男の、ひょろ長い外套すがたが暗がりに遠ざかってしまうと、あとには店の中にのこった客が二人、最後までねばったかたちで、その一人が今出て行ったやつのほうを見かえりながら、

「あいつ、しょってやがる。」

だいぶ山の入った背広の肱をぐっと突いた、そのスタンドの板があいにくうすっぺらで、ぺちゃりと不景気な音をたてて、

「なんでえ、文化運動だなんていやがって、たかがユーモア雑誌の記者じゃねえか。あれでうすう

す御当家の御令嬢を……」

そういいかけて、あおったコップの、底に二三滴たよりないのを、とんと置いて、

「部隊長、もう一杯。」

この部隊長の民三、客よりもよっぽどいい機嫌に酔っていて、

「うむ、のめ。」

手もとあやしくどぶどぶと酌いだのが、今夜はいつもの粕取焼酎ではなく、ほんものの一級酒である。それはそのはずだろう。歳晩にめずらしく官の声がかかって、一升五百五十円の自由販売、自由とはすなわち不自由の謂で、これが堅気の手にわたるよりさきに、附近の仮小屋の裏口にながれたのは、めずらしくもない、いうだけ野暮である。

「こっちにも一杯。」

これはジャンパーに青いマフラーをしたのが、コップのふちを嘗めながら、今しゃべったとなりの男に、

「おい、その文化とかいうやつは、きみのほうが係じゃねえのか。」

「おれの文化はあんなチンピラ雑誌の文化た品物がちがうんだ。住宅文化協会。住宅難を救済しようという狙いがあって、れっきとした商売だ。金にならねえ文化なんか相手にしねえよ。」

「周旋屋さんもちかごろはその商売のほうが下火になって来たと見えるな。」

ポスターである。まわりを花模様でかざって、こどもが群れあそんでいる図柄で、上に1948新年こども大会、下に八百民演芸場に於てと記してある。あきらかに道子の肉筆とみとめられた。

「なんだい、こりゃ。」

あっけにとられたようすで、見上げたふたりの客のまえに、民三はポスターを背に、しぜん例の直立不動という恰好になって、

「自分も文化運動をやる。」

「へえ。」

「自分の相手はこどもだ。目標はこれからの世の中だ。今のおとな、今の世の中のことは自分にはなにも判らん。また判りたくもない。自分は八百民として更生したが、しかし八百屋を天職とはおもっておらん。店の仕事はすべて娘にまかせてある。自分の天職は別にある。」

「あ、演舌をぶちはじめたよ。」

ふたりの客が顔を見合せて、

「天職は酒場のほうかね。」

民三はもうなにも耳に入らないけしきで、

「まず紙芝居だ。」

「え。」

「うむ、第一歩だ。自分は紙芝居をもって文化運動の第一歩とする。大道でこどもに話しかける。こどもをたのしませる。自分もまたいっしょにたのしむ。自分はこどもになった。今度はこどもとして更生する。あす元旦から出動する。」

「どこへ。」

「となりの北店だ。」

「ふーむ、あすこが演芸場か。」

「あの店はなにか文化的な工作をほどこすつもりで、今まで閉鎖しておいたが、あすから開場する。入場無料だ。」

「そうだろう、金をとったらだれも来ねえや。」

「さっき自分が自転車に乗って近所に宣伝してまわった。午前九時開場だ。」

「手まわしがいいね。それで支度は。」

「舞台は自分がつくった。画は……」

「もちろん道子さんだろう。」とカメラの助手が、「よし、それなら応援に出る。紙芝居を背景にして芸術写真を一枚とる。」

「自分の写真もうつしてくれるだろうな。」

「うむ、道子さんがいっしょならね。」

そのとき、周旋屋が眉をこすって、いやに真顔になって、

「ねえ、部隊長、あの北店を文化事業に使うんだったら、おれにも一口乗せてくれよ。こっちも文化協会だ。あとは協会が引受けようじゃねえか。あの店なら借手はいくらもある。権利金の二万や三万はとってやるよ。ねえ、部隊長。」

「ふむ。」と民三はどうやら前後不覚のていで、「よし、よし。」

「それじゃ、おれも出動する。あしたは外套を着て行くぞ。」

「ぷっ。」とカメラの助手がふき出して、

「まだ外套にこだわってやがる。」

民三は一升壜を片手につかんで、

「のめ、前祝いだ。今夜は大晦日だ。夜あかしでのむぞ。」

そういって、しかし客にはかまわずに、そばのコップに波波とついだのを、半分ばかりぐっとのむと、ふらふらとよろけて、また隅の腰掛にたおれかかった。とたんに、うしろのうすっぺらな羽目板にぶつかって、どしりとにぶい音をたてたが、ちょうどその羽目板の向う側、つまり北店のかこいの中で、響の応ずるように、かすかに物のけはいがしたのには、だれも気がついたものはなかった。

ときに、となりの板がこいの中にあって、今まで寄りそっていたらしいふたつの人影がぱっと離れて、

「あ、なんだろう、あれ。」

どこやらまだこどもっぽい声の、低くころした調子がふるえた。暗がりにもひょろ長いその外套すがたは、先刻酒場のほうから出て行った若い男のようであった。

「なんでもないわよ。酔ぱらいのさわぎだわよ。どうしてそんなにびくびくするの。あなた特攻隊だったんじゃないのさ。」

これも調子をころしてはいるが、おちついた若い女の声である。

「いや、決してびくびくはしません。」と肩をそびやかして、「ただ、ぼくはなんだか少佐殿にすまないような気がするんです。少佐殿には隊でずいぶんお世話になりましたから。」

「いいのよ、父のことなんか。あたしたちの幸福は父とは関係ないわ。」

「そりゃ、そうですけど。」

「ねえ。」と女はからだをすり寄せて、「それじゃ、あしたの朝六時よ。駅で待っててね。汽車の切符はもう買ってあるんだから。」

「ええ、待ってます。上野駅ですね、でも、ぼくは今ちょっと……」

「お金のことなんか、心配するんじゃないの。あたし店の売上をそっくりさらって行くから。」

「いいんですか、そんなことして。あとで少佐殿が……」

「かまやしないわよ。みんなあたしが稼いだお金なんだもの。あたしが何したって、父は文句をいう権利なんか無いわ。あたしがさきに立って、父の手を引張るようにして、やっとこれまでに仕上げた店だわ。父はすっかり愚にかえって、ぜんぜんこどもなの。だらしなく酔ぱらって、紙芝居に夢中よ。でも、いくらこども同然だって、これだけの店と紙芝居をあてがっておいてやれば、もうそろそろひとり歩きしてくれなくちゃ。」

「おかあさんがお困りになるんじゃないですか。」

「母なんか、それこそどうなったってかまやしない。母は父とまるで反対なの。すっかり年をとって、それでひどく慾張なの。強慾非道よ。もっとも、店の資金はみんな母の財産だったせいかも知れないけど。お金のことになったら、とってもすごいの。売上げは手提金庫に入れて鍵をかけちゃうし、それから別に十万円、新聞紙にくるんで、内証で米櫃の中にかくしてあるの。それが心配で心配で、うちの外には一足も出ないのよ。そのくせ、夜になると、ぽかんと口をあいて正体なく眠りこけちゃうの。だから、今夜じゅうに有金は根こそぎさらってやる。そして、明方に飛び出すわ。元日からスキーに行くって、そういってあるんだから。」

「よし、ぼくも決心した。あなたがそれほどの覚悟なら、どこまでもいっしょに行く。体あたりで行きます、道子さん。」

そこで、ふたつの影がもつれあって、ちょっと声がとぎれたのは、例のキスとかいうことなのだろう。

「うれしいわ。これでやっと自分を解放することができるわ。そのための犠牲なら、父でも母でも、もって瞑すべしだわ。」

「まずどこへ行きましょう。」

「どこでもいいわ。北のほう、ずっと遠くの北のほうに行きたいわ。スキーに乗って、雪の上をすべって、どこまでもすべって行くのよ。これよりさきには行けないというところまで行ったら、そこであたしたちの生活がはじまるのだわ。あたらしい生活。」

「ぞくぞくして来た。ぜんぜん文化的みたいなきもちだ。ぼくもいやでいやでたまらないユーモア雑誌の編集者なんかやめちゃって、本気で詩をつくります。」

「あたし絵をかくわ。」

「ぼく詩人です。きょうも一つ作りました。あなたに捧げる詩です。読みます。」

「こんなに暗くて、読める。」

「そらでおぼえています。暗誦します」。

あたかも牢屋の中から冤をうったえるような、奇妙なふしをつけた声がほそぼそと起った。その文句は何とも聴きとれなかった。

「すてきだわ。ダンテの天国篇みたいだわ。」

「あなたはよく詩がわかる。」

「ねえ、どうしてダンテは地獄篇を書いたのでしょうね。天国篇だけでたくさんだわ。あたし天国だけがすきよ。」

る。しかし、自分は諸君よりも年長者である。年長者として諸君に助言する。教導ではない、助言である。だからして、自分は紙芝居をもって諸君に助言する。諸君は自分の紙芝居を見たら、よくこれを見ならって、しぜんに諸君自身この絵の中に出て来る人物のようになってくれなくてはいかん。紙芝居はおもしろいものである。自分もまたおもしろいとおもう。だからして、自分も遅ればせながらこの絵の中に出て来るような人物になるつもりである。自分は諸君のあとから追いかける。それがあたらしい世の中である。諸君はあたらしい世の中を作ってくれなくてはいかん。おわりに臨み一言する。この絵はみなうちの娘が描いたものである。おわり。」

とたんに、小さな見物の中から笑いがおこった。

「おじさん、酔っぱらってるな。」

「はじめないうちから、おわりでやがら。」

そこへ、自転車で乗りつけて来た昨夜の周旋屋が、

「部隊長、まだ訓示中かね。」

そばに寄って来たのを見ると、なるほどけさは外套を、但黒地が茶色にまでやけてぼたんのとれたやつを着こんではいた。

「おれも手伝おう。だいぶあつまって来たな。十七八人はいるだろう。あの蜜柑なんかじゃ、これだけのあたまかずは揃わない。けさおれが自転車で駆けまわって、ほうぼうから狩り出して来たんだ。」

それから、ちょっと声をひそめて、

「ねえ、部隊長。ゆうべの約束だ。ここの店は貸してくれるね。うちの協会であつかうよ。ちょうど衣料の店を出したいというひとがあるんだ。あしたからどうだろう。権利金はまちがいなく取ってやるから。」

民三は舞台の横手に立って、額に汗がにじみ出るほど赫と照った顔つきは酒の気ばかりではなく、よっぽどあがっているのだろう、もう何も耳に入らないていで、

「これから開始する。演題は……」

そういいかけて、ポケットから引き出した原稿紙の、何枚かたたんだのをひろげながら、

「読む。ガリ、ガリ……ガリバー旅行記。ガリバーはたくさんの国国をめぐってあるきました。大人国にも行きました。小人国にも行きました。手長足長の国にも行きました。大人国に行ったときには、ガリバーはそこの住民がみな無限に大きくて、自分が無限に小さくなったようにおもいました。小人国に行ったときには、ガリバーはそこの住民がみな無限に小さくて、自分が無限に大きくなったようにおもいました。そして……」

見物の中から、

「おじさん、読むだけじゃだめだよう。」

「絵がちっとも出ないじゃないか。」

周旋屋が横合から原稿をひったくるように取って、

「じれってえな。おれが読もう。部隊長は絵のほうに掛かってくれ。あ、これは道子さんが書いたような字だな。」

「うむ。」と民三は見物に向って、「この本もまたうちの娘が書いたものである。」

「そんなこと、ことわらねえでもいいや。」

と周旋屋は腰にぶらさげて来たメガホンを取って、「読むよ。そしてガリバーは自分が大きいのか小さいのか見当がつかなくなりました。ガリバーはたいへん不安になって来ました。それから、手長足長の国に行ってみると……」

民三は民三で、絵をさしかえて出すことに夢中で、原稿の朗読にかまいなく、あやしげな手つきでまごつきながら、それでも絵が出るにつれて、見物がどよめいた。

「わあ、なげえ手だなあ。」

「窓から手を突っこんでなにか盗んでやがら。」

「あれ泥棒だな。」

「ちがうよ。代議士だよ。舌を出してなにかしゃべってるじゃないか。」

「や、今度は足のながいやつだ。」

「喧嘩だ。電車の中で蹴とばしあってやがら。」

「手長の国では」と周旋屋は読みつづけた。「手の長い人間のすることがすべて善いことでした。そうでない人間のすることがすべて悪いことでした。足長の国では、足が長ければ長いほどえらい人間でした。そうでない人間はみんなえらくないやつでした。ガリバーはなにが善いのか悪いのか、なにがえらいのかえらくないのか見当がつかなくなりました。ガリバーはやっぱりたいへん不安でした。おわり。おや、もうおしまいか。いやにみじけえなあ。」

周旋屋はおそらくリーダース・ダイジェストという雑誌を一度ものぞいて見たことがないのだろう。道子はたしかにこの雑誌の簡潔な編集ぶりを摸倣したものにちがいない。

「おじさん、あとをやってくれよう。」

「またおんなじ絵だよう。」

周旋屋はメガホンを振りまわして、

「しずかに、しずかに。まだあるぞ。つぎは西遊記。部隊長、絵をたのむよ。さあ、読むよ。孫悟空は棒をふるって牛魔王とたたかいました。牛魔王は大きな牛になって、角で突いてかかりました。牛魔王もなかなか強いので勝負がつきません。孫悟空のほうがすこし押されぎみになりました。」

見物がまたどよめいた。

「大きな牛が逃げて行くぞ。」

「牛がリュックサックをしょってら。あいつ、ヤミ屋だな。」

「あ、巡査と組打になった。なんでえ、巡査のほうがのされてやがらあ。」

「あのヤミ屋の顔は周旋屋のおじさんにそっくりだぞオ。」

「待った。」と周旋屋はあわてて、「部隊長、そんなのはいけねえ。つぎだ、つぎだ。なんだか原稿がごちゃごちゃになって来た。ええと、つぎはアンデルセン童話集。」

民三は息をきらしながら、うろたえて絵の中をさがしまわった。絵のほうもまたごちゃごちゃになって来たらしい。

「いいかい。読むよ。」周旋屋はメガホンをとり直して、「それはある雪のふる寒い夜のことでした。そして、その夜はクリスマスの夜でありました。あわれな小さなマッチ売の少女は……」

とたんに、見物がどっと湧いた。

「絵がちがうぞオ。」

「雪なんかふってないや。しっかりしてくれよう。」

「なんだい、八百屋の店じゃないか。」

「あ、八百民のおじさんが出て来た。」

「たくさん蜜柑が積んであるなあ。大きな蜜柑だなあ。」

「だれか買いに来た。あれ、あの蜜柑が一つ百円かい。たかいぞオ。」

「蜜柑をくれるってそういったくせに、ちっぽけな蜜柑しかくれないじゃないか。みんな腐ってたぞオ。」

「そうだ、そうだ。あんなにたくさん大きな蜜柑があるのに、ちっともくれないじゃないか。」

「インチキだぞオ。」

周旋屋が前にとび出して来て、

「ストップ、ストップ。みんな、ちょっと待ってくれ。絵の整理をするから。部隊長、絵をそろえておいてくれよ。つぎは、慾張ばあさん。絵のほうはどうだね。無い。じゃ、ロメオとジュリエット。これはどう。ある。それじゃ、これにしよう。」

周旋屋はもとの位置にもどって来て、メガホンを振りあげながら、

「さあ、はじめるよ。ロメオとジュリエット。一名、あたらしい生活。」

民三が絵をそろえたのを見て、周旋屋は読みはじめた。

「むかし英国はロンドンの都にロメオとジュリエットというふたりの美しい恋人がいました。ロメオは戦争のときにはずいぶん勇敢でありましたが、もともと文化的な性質で、詩人でありました。ジュリエットは世にもしとやかな娘で、家でよくはたらいていましたが、趣味が高級で、ことに絵を描くことは人並すぐれてたくみであります。ふたりの美しい恋人は芸術家でありました。それなのに、両親はふたりの幸福を妨害しました。どこの国でも、両親というものはみな年をとっていて、判らずやで、けちんぼうで、文化の敵であります。ふたりの美しい恋人は敵の目をしのんで、ときどきふた

狼のうめき声でそうわめいて、カメラの助手は一足踏み出した。見物のむれはさっと二つに裂けた。あわや、狼は向うの舞台まで、それを突き破るいきおいで殺到して行こうとした。

おりしも、ぴゅっとうなりを立てて、にわかに北風が吹きつけて来た。小さな見物のむれははらはらと四方に散って、あとには腐った蜜柑の皮が地べたのあちこちに散らばった。いつか日はかげっていた。

周旋屋はいそいで自転車に飛びのって、舞台のほうに振りかえりながら、

「ねえ、部隊長。じゃ判ったね、さっきの話は。これからすぐ借手のところに行く。あとでまた来よう。」

行きかけたのが、ちょっと戻って来て、

「手数料は権利金の二割をもらうよ。判ったね、部隊長。」

周旋屋はもう風の中に走り去った。民三は店の中から出て来て、まだそこに突っ立っているカメラの助手のすがたをみとめると、

「おう、よく来た。ゆうべの約束だ。記念撮影をたのむ。一枚とってくれ。」

そして、みずから舞台のきわにすすみ寄って、例の直立不動の、ぴんとした姿勢をとった。酒もいくらか醒めて来たようであった。風がちょっとしずまって、すこし薄日がさして来た。

カメラの助手は横を向いて、

「仕方がねえ。おやじもまあ一枚とってやるか。犠牲バンドだ。」

あとずさりに、距離を見はからって、カメラで狙いをつけながら、

「ねえ、部隊長。道子さんが見えないね。出て来ないのかね。」

「娘はけさはやくスキーに行ってしまったよ。」

「ちぇっ。」とひくく舌を鳴らして、「馬鹿にしてやがら。こいつ、一枚むだだ。大損だ。」

ときに、どこからか、たぶん家の中からだろう、いましがたの北風の吹きのこりでもあるかのように、

「お金が無いよう。道子がいなくなったよう。お金がなくなったよう。」

それはそう聴けば聞えるというほどの、えたいの知れない、しわがれた物の音であった。おおかたヤモリが畳に落ちたか、イタチが道を切ったかなにかしたのだろう。また一わたり吹きつけて来た風の、うすい埃の舞う中に、その物の音はつい死んだ。事に依ると、どこかで使いふるしの人間が一個ぽっくり行った音ででもあったのだろう。

「写真がとれたら一杯のもう。きょうは大当りで幸先がよかった。」

民三は休めの姿勢をとって、手をうしろに組みながら、そういった口もとの皺に笑をふくんでいた。背にあたる紙芝居の舞台には、まだ絵が一枚最後に掛けたままになっていて、ちょうどその絵のはずれに民三のすがたが描きこまれているかのように見えた。

絵の中では、汽車が枯野を走っていた。遠山は雪におおわれて、空はきれいに晴れわたって、山襞

のかげも見えないほど明るく、どうやらぽかぽかした陽気のようで、枯木はあちこちにはだかの枝を寒そうにふるわせているのに、レールのそばには雪の下から奇妙に草の芽が萌え出ていて、その青い色を薙ぎたおすような風は吹かなかった。走って行く汽車の窓からスキー服をきた若い男と女とが首を出していてそれが一つの胴体にぬっと生えた二つの首というふうに、ひたとくっ附きあって、いやに大きく描いてあるその顔の一つは道子、一つはユーモア雑誌の記者によく似ていた。ふたりは窓框から乗り出して、ひらひら手のさきを振っている。女の赤いマフラがなびいている。汽車はどこかずっと遠くのほうに、枯野の中を一目散に駆け抜けて行くのだろう。その枯野のはて、汽車の過ぎ去ったあとの、日あしも冷えびえとうすれた野末に、ひとりとりのこされて、凍えた枯木の枝がくれに、民三がそこに立っていた。

蝶々

中里恒子

薩摩富久子も、以前はああいうひとではなかったが、と、噂されていた。

全く戦後は、ひとが変ったというのである。しかし富久子は、自分の変化は当然のことで、今までは猫をかむっていたと思うのだった。ひとがなんと思おうと、そんなことではびくともしなくなった。

第一に、あてにするものが何もなくなったので、いやでも自分だけが頼りだった。元もと才気のある性質で、客あしらいのうまかった社交的手腕をそのままに、軒先を借りて薩摩やというやきとりの屋台店を、以前の部下だった少佐といっしょに始めた。

それは終戦後まもなくの、火事場さわぎのような最中だったので、どこの何ものとも知れず、結構素人の商売もなり立った。

「あなた、奥さんはよして頂戴よ、やきとりやのおかみさんですよ。」

「はあ、以後つつしみます。」

「あらいや、益々へんよ、もっとぞんざいにお願いしますよ。お炭を少し割ってね、大きいと、かあっとなるまでに間があるから……」

「はあ、」

少佐は、忠実に働いた。司令部でも有数のいぎりす通で、容姿端麗のきこえた俊才だったが、事故で右眼をなくし、義眼に眼鏡をかけているので、ちょっと見たところは、昔ながらの、威あって高からぬ風貌である。

薩摩富久子の方は、曾《か》つては、さる鎮守府の長官夫人として、若い士官たちの間に君臨したものだったが、彼女は別に、そういう生活に未練はなかった。長官の衣を脱いだ良人は、すっかり老いこんで、富久子の顔いろをうかがい乍ら、庭の草取りなどしていたし、飛行機乗りに嫁づいて、戦時中は、南洋の砂糖はじめ、パパイヤだの、マンゴスチンなどばかりか、印度更紗や敷布やタオルに至るまで、絶えず機便に託して運んでくれた長女の良人は、そういう個人的のものが運べなくなった頃、戦死した。遺児が二人あったが、特別賜金や莫大な恩給で、家族は悠々暮していられたのだ。それも、敗戦とともに、全部形無しとなり、富久子の膝下に帰っていた。

また男の子の方は、ふたりながらに海軍畑で育て、父親の光りで、安全無害な将来が企画されつつあったのに、これも根本からやりなおしとなり、殆ど一家は全滅の形となった。そして最初に、いち早く気を取りなおしたのは夫人だった。

「仕様がない、こうなったら、もうあなたは使い途がなくなりましたね、あたくしが世間へ出ることにしますからね、一切口出しをなさらないで下さいまし、」

曾つて、長官として、羽振の利いていた頃の良人は、

「お前には、わからんことだ、黙っていなさい、女の口出しは要らんことだ、」

と、よくきめつけたものだったが、いざ逆転してみると、富久子も先ず一番に家族の干渉を封じた。この方法は、働くものに共通な専制的の匂いがした。その匂いが、彼女を酔わせるのだった。

丁度その頃、部下の少佐が、アルミニウムの鍋や薬缶《やかん》を作る工場にはいっていたが、とてもこれからの見込みがないからと、仕事の相談に来た。

「もう、ひとに仕えるのは厭ですな、性にあいません、屑屋でもいいから自分の腕だけでゆきたいと思いますよ……」

「そうそう、それですよ、それを、あたくしも考えているんです。」

「……妻も、別れて、おたがいになんとか生きなおそうと言い出す始末で、信用も何もありゃしません。」

「そうですか……あなた方はまだお若いのだし、それもいいじゃありませんか、別れるものなら、お別れなさい、あなたが、有望な海軍将校でなくなったために、あなたと一緒に暮すのが厭だという理由なら、早く飛ばしておあげなさい、また、いいところにとまるかもしれませんよ。」

らいのおめくらさんなんですもの、あたくしの煙草なんか、気がつかないの当然ですよ。」

「そうですな、長官はやはり、長者の風格がおありだったと思っています……」

少佐は、首筋にたぶたぶの皺を寄せて、皮のたるんだ腕で、薪割をしている長官を尻目に、箱を下げて出ていった。

「あたくし、今日はちょっと遅れるかもしれませんよ、お酒の交渉に行ってきますから。」

「はあ、」

少佐がいってしまうと、富久子は居間へはいって、手提金庫の現金をしらべ、自分の分と、少佐の分とをきちんとわけて始末した。良人の長官は、以前は身分柄、現金などをいじる地位にいなかったが、現在は現在で、無生産者として、現金に触れずに暮しているのだった。貴族と言えば一種の貴族である。

彼女は、

「お母さま、お食事を、」

と呼びに来た娘のあとから、食堂へ下りていった。ひとりでさきに食事をして店へ出るのだった。一家が一緒に食事をすることは殆どなかった。もがかずに、じっとして暮しているのは良人だけで、娘は洋裁で身をたてようとして、子供を泣かせながらミシンを踏んでいる。息子のひとりは大学へはいったが、小さい時から好きで習ったピアノが役立ち、ジャズバンドのピアノ弾きを内職にするようになった。

「呆れたわね、あんたのピアノで踊れるの？」

「そうですよ、宮廷音楽じゃあるまいし、なんでもいいから叩いていれば、ひとは浮かれますよ……だけど、僕たち、やっぱり一流になるんだ。」

息子の同期生たち十五人で、一つのバンドを作っていた。ほかに身のたてようがなくて、遊びながら出来そうだというところが、若い者たちの魅力のひとつだったが、弾いたり歌ったりの余技で収入をあげるまでになるには、相当の苦心惨憺があった。ひとが浮かれて踊るときに、汗水たらして笛を吹くのもピアノを叩くのも、らくではなかった。最初のうちは、楽団や、と言われるのが厭で、

「遊び半分なんだ、ホールへただでゆかれるのがうれしいからさ、ひとのダンスを見ているだけでも、だいぶ踊りかたがうまくなるよ、どうせ遊びなのだ……」

と言っていたが、もう三年経った今では、名の通ったバンドのひとつに漕ぎつけているのである。

「だけど、あんた、一生ジャズバンドをしているおつもり？」

富久子は、自分がやきとりの屋台を出しているのは、あくまでも仮りの身の上で、いつかは、いい暮しに戻ろうと思っているのだが、まだ大学も出ない息子が、まるで天下を取ったように、浮き浮きと、バンドのジャズピアノに打ちこんでいるのは、気になった。

「一生？　かどうかわからないけど、大学を出て、会社員になったところで、ひどいもんでしょう

ういうお話は……」

「全く長官は、人造人間みたいですよ、以前は司令部のこと以外に耳をかさず、現今は、庭の松の木を薪にするよりほか、なんの野心もない、長生きするように、出来てますね。」

「だから母さまは助かりますよ、あれで、なまじじたばたする人であって御覧、うちの者がやりきれやしないわ……さあ、もう出かけましょうよ。」

新しい服をきた息子と、趣味のいい和服に身をかためた富久子は、連れ立って働きに出るのだった。そとから見ただけでは、暮しに困らない、いいとこの奥さんが、息子だか、燕だかわからない若い青年を連れて、どこかへ遊びにゆくように見えた。現代では、燕尾服、シルク・ハットのように、風俗は生活をもの語らないのである。


店に坐ると、富久子の肉づきのいい容貌はぴんと緊って、肉をあぶる脂肪のしぶきで光った。夜のあかりは、少し乾いた眼つきをうるおし、永年の秩序だった生活できたえた皮膚を、驚くほど若くみせた。化粧づかれのしてない顔は、こういう場所のおかみさんとしては新鮮だった。武骨ながら、なんとなく眼つきに自信のある少佐の働き振りも、この一組を由緒あり気にみせていた。

「……なんだって？　奥さんだって、奥さんとは誰のことだ、このおかみさんのことか？」

客は、夫婦とも情人ともつかぬ、いかにもよく気のあった、さっぱりしたふたりを不審がるのだった。

「なんだか、事情があるらしいな、どうせ有為転変の世のなかだもの、昔はこれでも華族だったとか、嘘を言いたがる時代になったんだ、どうせ吐くなら、面白い嘘をついた方がいいよ。」

「いいえ、なんにも事情なんてあるもんですか、元もとの貧乏人で、働かなければやってゆけないから、共同で始めたのですよ、このひとは、あたくしの妹のつれあいで、失職しちゃいましてね、用心棒を兼ねて手伝ってくれます、どうか御心配なく……」

彼女は、そんな場合にも、決して客の鎌にひっかからず、職業の場に、自分の生地は出さなかった。どこまでも、やきとり屋の女主人として対抗した。

「だけど、あんたたちは、どうも顔つきが違うな、地からの肉のあぶらの染みた顔じゃあない。」

「まあ、そうですか、たとえば、どんな顔です?」

富久子は肉をあぶりながら応待した。あぶらが染みようと、染みていまいと、大きなお世話だという気がむらむらしたが、そのむらむらを出しては生地が出ると思って、以前かぶった猫とは違う猫を、やっぱりかぶっていた。

「そうだな、軍人あがりか、落魄組か、とにかく成りあがりじゃない顔だ。」

少佐は、びくびくと眉毛を動かし、動く眼だけを怒らしていた。彼女はちょっとどきんとしたが、成りあがりではないという批評は満足だった。

「そうじゃあないわ、ただの新米ですよ。」

なんて執こいお客だろう、売ってるやきとりがうまければ、それでよさそうなものだ、焼いてるあたくしの素性まで食べる気かしら……富久子は、以前なら、とっくに癇癪を起して放り出す気持を、たいした努力なしに軽く消して、ばたばた七輪をあおいでいた。いつの間にか、ひとを怒らせては損なことを体得しているのだった。自分の気持はつぶしても、ひとの気持をわるくしてはいけないという我慢は、生活の智恵から出た。

商売にかけては、少佐も公私の別がはっきりしていた。船にいた頃の基礎的な習練は、少佐の性格のなかにある甘いところのない気持、ひとのおだてに乗らぬ気持、そういうものと一つになって、やきとり屋の今も、崩れないのである。

薩摩やの店も、初めの頃の屋台まがいから、どうにか店だけの家を手に入れるまでに漕ぎつけたが、これは富久子のたくまぬ商売上手ばかりでなく、少佐の甘くない性格の働きであった。

昔の部下や、友達連中も、夫人と少佐の店というところに安心して、だんだん聞き伝えて遊びに来るのだったが、少佐は、ただでは一本の肉も振舞わなかった。

「まあ、今日はいいでしょう、この次から頂きましょうよ……」

などと、まだどことなくいい気なところを見せようとする富久子を、少佐はきつく制した。

「いや、奥さんいけません、店のものは金を払って貰わなくては、絶対にいけません、一本の肉が惜しいのではありません、……性質が違うのです。」

「そう、仕様がないわね、お店のものはあげてはいけないんですって……」

「遊びに来るならば、君、薩摩邸へ来てくれ給え、大いに飲もうじゃないか、店へは、どうかお客として……」

「わかったよ、わかったよ、君はやっぱり元のままだなあ、元のままの部分を崩さずに生きていられるなんて、しあわせな奴だ。」

こうして、少佐のかたい決心のもとに、店は築かれていった。だが、彼女はこの気持に馴れるまでは、いかにも不人情のようで、商売のむずかしさが、社交界などのうらおもてよりずっと骨身に沁みた。しかし、馴れてしまえば、それは清潔で正直なものと根は続いているのだった。そしてこういう経営の確実さが、やきとり屋の女主人として、人生への自信を深めていった。

元来、彼女は気だての闊達《かったつ》な、ひとの面倒を見ることの好きな質だった。長官という良人の地位柄、多くの部下に人情を見せることが、富久子のたしなみの一つであったが、客あしらいのきれいさは、交際の域を超えたものだった。

薩摩邸へ挨拶に出た士官の若い夫人たちは、いつの間に、どうして富久子が自分の好みを知ってくれたのだろうと、不審がるほどぴったりする土産物を手にしないものはなかった。女らしい、いかにも心の届いた、ひとを思いやる働きのある、こせこせせずに、気の利く夫人として通っていたのである。

だが、戦後は変った。殊に、やきとり屋を始めてからは、彼女はもうそういう資力もなくなったし、わるく思われて困るような体面もなかった。出来ることを、精いっぱいに行う以外には、飾る気持も、繕う気持もなくなったのだ。ひとのために生きるのではなく、自分のために生きようという本性を現わしたのだった。

いわゆる贈物のために、買い整えてあった呉服類や道具などは、のし紙をつけたまま全部売り払って、屋台店を出す足し前になり、家族にも、「あたくしたちは、全部やりなおしなのですよ、元の形はどこにも残ってないのです、じっとしてれば、崩れた上にぺんぺん草が生えてしまう、」と気をつけあってきたのである。彼女は、せんちめんたるなことは嫌った。こうして、三年の間、七輪の下をあおいで、うつむいて暮しているうちに、ただこんな風に、食べてゆきさえすればいいというだけの身の上が、そろそろつまらなくなってきた。

「ね、あなたもいい男のくせに、毎日炭をおこしたり、食器を洗ったり、お金の勘定をしたりしているだけで、なんともないんですか?」

富久子は客のあいた折に、煙草をつけながら少佐に話しかけた。少佐は端麗な顔をあげて、

「なんともなくはないですが、何かいい方法がありましょうか。」

と言うのだ。

「いい方法があれば、それを実行する気?」

そういう彼女の声が、余りにみずみずしいので少佐はびっくりした。富久子はその肉の厚い耳朶を

つまみながら、ゆっくりと、

「どこかへ行ってしまいましょうか、あたくしね、自分も可哀そうだし、あなたも可哀そうよ、こんなことに満足してないで、あなたがなにかなさればいいと思ってるのに……あたくしは、あなたが黙ってお皿を洗ってると、突き飛ばしてやりたいような気がすることがありますよ。」

「奥さん……」

少佐はそう言ったなり、むっと口をつぐんだ。何処へ行っても同じことだ、言わなくても、奥さんわかってますよ。という腹で、少佐は土瓶に湯を差した。お茶の静かな匂いが、香ばしく四辺にひろがってゆくのだった。

富久子は少佐の出したお茶を飲みながら、

「でも、まるでたのしくなかったとは言わないわ、なんだか、出来ないことをしてみたいような、意地のわるい気が出てきたんですね、よほどあたくしは血の気が多いのよ、その点あなたは、血の気がおありにならない……」

「あってもなくてもいいようなものは、もたないことにしてあるんですよ、その方が経済ですからな。」

「そうね、よけいなものは要らない筈だったわね。」

やっと富久子はつぶやいた。いま言ったことは、全部よけいなことだったと気がついてうろたえたように、急に立ちあがると、外へ出てゆくのだった。丁度、客がふたり暖簾をくぐって、薩摩夫人の手を取ろうとした。彼女は、その手を振りきって、町のなかへまぎれていった。

黒い大空の星だけが、少佐の眼にあわただしく残っただけだった。

富久子は、ひと混みの中心地を抜けて、橋の袂へいつか出ていった。

夜の河はくらい中に、銀の光を放っていた。流れにうかぶ灯のいろも、遠い山里のともし火のようにうす暗いものだった。

川風が吹き通うと、それでも流れの火はちりちりにもまれて、絵草紙のように川底に写った。彼女は、ぼんやりと立ちよどんで、暗い水面の底にある火を、見るともなしに眺めていた。

町角から、ふたりの洋装の女が出てきた。顔はわからずに、ハワイの土人の女のようなひらひらした飾りが、肩にも裾にも袖にもついていて、川明りにも涼し気な影絵がうつるのである。

富久子は、なんで店を出てきてしまったか腑に落ちぬほど、妙に覚めた気であった。

こんな場所にたたずんでは、あやしまれるだろうかと、もう彼女は、静かな橋の袂にもいたたまれぬ気持で、さて、何処へゆこうにも、ゆく場所もなく、町の方角さえもわきまえずに、しかし、何となくせかせかと、用事あり気に歩き出した。

うす暗い町の曲り角や、電車の通る道すじに、夜の取引きめいたひと影がもつれあい、彼女の足を、一層せかせるのだった。そして歩けば歩くほど、富久子には帰るべき家庭や、働くべき店のほかには、何処にも全身を置いて憩う場所のないことがはっきりするのだったが……それでも、その何処かへ行こうとする気持は留らなかった。

「奥さん、奥さん、買ってよ、紅、買ってよ、」

よごれたブラウスの女が近づいて来た。だが、手には花束を持っているのだった。花を売り歩く少女は、彼女の店にも顔を出すことがあった。少佐は、そんなものを買うと癖になると言うのだが、薩摩夫人は黙って買ってやった。店に飾るほどの花でない花束は、バケツの水につかったまま、じきに捨てられてしまうのだったが、捨てる花もない日は、彼女はもの足らぬ気持がした。しかし、眼の前に、花を抱えながら、紅を買えと言う女は、見知らぬ顔だった。よく見れば少女の顔つきではなく、老けた女である。

「紅？　要らないわ。」

「いい紅ですよ、日本品じゃない、チョコレートの匂いのする紅ですよ、買っといて下さいな。」

女は花束のかげに手を突っ込むと、スカァトのポケットから、きん色に光った棒紅を取り出すのだった。ひろげた手のひらも厚く、荒れた手の筋に黒い垢のたまっているのも、煮焚きの仕事をする女の手らしい温かさであった。きん色の紅の棒は、夜目にも美しかった。

「いいでしょう、早く頼みますよ、五枚。」

女は花束のかげで、きんの棒をちらちらとほのめかした。富久子は、ふところから五枚の札を抜き出して渡すと、小さなきん色の紅を手のひらに握りしめるのだった。

「花を売るのは表?」

そのまま女は、彼女と並んで歩き出した。

「表ってこともないですが、やかましいからね、花なんか幾らも売れやしないですよ。」

「いつもしてるの?」

「いいや、いや、いつもなんてあるもんですかね、ちょっと、今頼まれたからさ、こうやって、右から左に動くだけで、きまった商売じゃありませんよ、」

案外女はまともで、嘘らしからぬ言葉を吐いた。富久子の心は、その女の言葉の上にとまった。

「みんな運がわるいことばっかりでね、全くのまる裸かにされてしまったんですよ、誰を恨んだって恨みきれやあしない……そんなこと言っても始まりませんや、麺麭代《パン》だって、ばかに出来ない世のなかですからね。」

富久子は氷のように体がかたくなっていった。麺麭のためならば、花束のかげでも、往来ででも、紅白粉を売る季節なのだ。何ひとつ持たないという女の顔の無智な明るさが、彼女のどこかへいってしまいたい衝動を柔らげた。行き去った女のあとから、富久子は声をかけるのだった。

「……その花もみんな買ってあげよう。」

女は振り返って、きたない手を振った。

「だめですよ、折角の商売がつぶれますよ、花でも抱えてなけりゃ……」

そのまま女は足早に行きすぎてしまった。グラジオラスの赤い花は、花火が落ちる速度にも似て、みるみる町角に消えていった。

とり残された彼女は、手のひらに紅を握って、遠い旅から帰ったような足取りで、薩摩やの店に戻っていった。客がいて、少佐が肉をあぶっているのだった。いつも彼女が立つ場所をよけて、少佐は手を動かしていた。

「ただいま、……」

「あ、お帰えんなさい、ちょっと忙しいほどでした……」

「わるいことしたわ。」

富久子はすぐ自分の位置について、煙草を一本とり出すと、客が手をのばして火を貸した。

「どうもはばかりさま、いまね、こういうものを買ってきましたよ。」

「なんだい、そりゃ?」

富久子が台の上においた紅を、ひとりの客が匂いをかいだ。

「いい匂いがするね、妙に甘いぞ。」

きん色の紅は鞘から抜かれて、紅玉のような光を放った。

然でこの作品を「発見」した。

約二十五年前、つまり大学院生だったころ、シカゴ大学図書館でたまたま手に取った一冊が"Ukiyo: Stories of the 'Floating World' of Postwar Japan"という英訳による日本の短編小説集だった。この本が刊行された一九六三年当時は、日本の近現代文学が欧米で本格的に紹介され始めたばかりの時期であり、多くの翻訳者はかつて占領軍の通訳や翻訳などを務めた者だった。ところで、"Ukiyo"のようにに戦後に書かれた短編小説だけが収録されている英訳選集はほかになかったようである。ドナルド・キーンをはじめとする日本文学研究者が編集した近現代の短編集は数冊あったが、だいたい明治から戦後までの作品が収録されていたので"Ukiyo"とは趣旨が違う。

"Ukiyo: Stories of the 'Floating World' of Postwar Japan"というタイトルはいかにも当時の欧米のオリエンタリズム嗜好をくすぐる題名だったといえるが、意外にも、闇屋やパンパンなどが登場し、終戦直後の生々しい日常生活を描いた作品が多く収録されている。また、三島由紀夫の「復讐」が掲載されているが、三島を除けば、英語圏で無名だった作家群が中心になっていることに留意したい。ほかにも、今日出海《こんひでみ》「この十年」や中本たか子の「基地の女」、小山いと子の「停電」などが収録されているが、現在の日本でもあまり読まれなくなった作家たちではないだろうか。この選集に収録されている作品自体、それに訳文の「出来栄え」はともかく、海外における日本文学の受容の歴史に光を当てる資料として貴重な一冊であるといえよう。

この本を初めて手に取ったとき、ちょうど占領下の日本を表象する文学作品を調べていたので、ちょっとした掘り出し物のように思えた。目次を開いて、まず目を引いたのはNakamoto Takako著“THE ONLY ONE”、そしてKoh Harutoの“BLACK MARKET BLUES”だった。それまでどちらの作家も知らなかったが、この二作を含め収録されている全作品を読んだ。ただし、当時の研究内容から考えると“BLACK MARKET BLUES”は対象外だったので、原作を探さなかった（ちなみに、中本の作品の原作は本シリーズ第二巻として刊行予定の『パンパン』に収録されることになった）。

本書に収録する作品を選ぶ際、かつて英訳で読んだ“BLACK MARKET BLUES”をぜひ入れたいと思い原作を探し始めたものの、前述のとおり『耕治人全集』にも入っておらず、データベースで調べても一向に埒が明かない。日本文学研究の専門家にも聞いてみたがわからず、「耕治人文庫」のある熊本県立図書館へ問い合わせて、ようやく「軍事法廷」という原作を突き止めることができた。この作品の語りおよび構想には多少ミステリー小説の要素が入っているが、原作を突き止めるに当たっても、ちょいとした探偵気分を味わったわけで、本書の作品のなかでも、とくに思い入れが強い作品となった。

さて、この作品が『耕治人全集』に入っていない理由は定かではないが、「貨幣」と同様に闇市が〈場〉であるよりも流通市場《シジョウ》という地下経済組織として描かれている側面が注目に値する。しかも、この作品で描かれている闇シジョウにおいて流通する貨幣は、日本円だけでなくドルも含まれ、アジョウも、戦中戦後を問わず存在していたことをこの三篇の作品が教えてくれる。また、食料や衣類や日用雑貨ばかりでなく日米両国の貨幣も流通していたことや、それらをひそかに売買する闇屋たちも、それぞれの物語の独自の視点から語られている。闇シジョウのこの側面はあまり目に見えない――言い換えれば、いっそう「闇に包まれた」――経済流通システムだったせいか、黙認されていた闇イチバに比べ厳しい取り締まりの対象となったことも読み取れる。

戦中の闇売買を描いた「裸の捕虜」にせよ、戦後の闇ルートのドル買いを描いた「軍事法廷」にせよ、闇売買が原則的には違法であったこと、そして闇屋たちが身の危険を覚悟したうえで商売に携わっていたことを改めて強く意識させられる。多くの闇のイチバが駅前で大々的に開かれ、あらゆる立場と社会階層の人が関わっていただけに見逃しやすいのだが、闇屋たち自身がときに厳しい取り締まりに遭うこともあったのだ。「闇市ブーム」の現在、懐かしく回顧したくなるかもしれないが、とくに目に映らない、大きな危険と常に背中合わせの闇シジョウがあったことを、忘れてはならない。

新時代の象徴

「闇市時代」などの表現にみられるように、〈戦後〉という新時代の象徴として「闇市」が使われることもしばしばある。以下、四作品に触れながらこの側面を掘り下げていきたい。新時代に適応しようとするなかで、鮮やかな〈変身〉を遂げたかのような人物も登場する。闇市に象徴される新時代が、人間の内面にも大きな変化をもたらすのである。

平林たい子「桜の下にて」

「桜の下にて」は喪失のイメージから始まる。戦時中、「市一番美しいクリーム色の建物」という校舎が軍需工業のために接収され、徐々に黒く変色し、敗戦の時点では「喪服姿」になっている。戦争がようやく終わったのは喜ばしいが、主人公の珠子にとって終戦の幕開けが新たな失望を招いたかのように描かれている。

珠子は優秀な女学生であり、卒業してからも上級学校へ進学する心づもりでいるが、経済的な事情から、進学の夢を捨てざるを得ない。同じく優秀な同級生の井上さんがいきなり学校を中退し駅前の闇市の屋台を母親と一緒に営むことになる。井上さんが「生きる為よ」と説明するその内容も冷静な口調も、「たった十日の商売の間に、井上さんの気持の肌には、一と皮薄い皮が張ったような感じだった」という衝撃を珠子に与える。この町のお嬢さんたちにとって、〈新時代〉がもたらすのは、諦めに伴う新しい喪失感のようである。珠子ははじめ、「生きる為」に、無邪気さも、夢も、青春も犠牲にしなければならないと感じている。

ところが、そのような喪失と失望が影を落としているこの作品に、爽快な場面がひとつある。主人公がひとりで下駄のスケートを履いて凍り切った湖の水面を独占しながら、スースーと自由自在に滑っていく場面である。闇市が登場する終戦直後の小説で、これほど大自然の爽やかさが描かれている作品はめずらしい。だが、クリーム色の校舎が「喪服」をまとうように黒ずんでしまうのと同様に、この一時の白い世界にも暗い影が投影されることになる……

乳色の靄にこめられた彼方の未来は、どんなにか豪壮でどんなにか輝かしい金殿玉楼だと思っていたのに、今その靄が突然消えて興ざめする低いバラック建を我が未来の映像と指さされた幻滅と悲しみ。

「バラック」が闇市を指していると断言はできないものの、希望に満ちた明るい未来を打ち消す象徴として重大な意味を与えられているように思える。

珠子は敬愛する更科先生に悩みを明かしてから、「どんな境遇にも自分からすすんで行けるようなすがすがしさを覚えた」と、前向きな気持ちが湧いてくる。確かに、最後の場面で更科先生の突然の辞職を耳にして衝撃を受け、再び深い悲しみに包まれるが、同時に赤く膨らんだ桜の蕾の下で先生の強い意志に感銘を受け、勇気づけられているようにも思える。同様に最後の挨拶のため、更科先生と代わって壇に上がる河山先生には「薄い悲しい影」しかなく、まるで過去の人間のように映る。

この作品における男性は戦争に対して肯定的だったように暗示されているのに対し、女性たちは終戦まで堪えていたように描かれている。しかし、だからと言って単純な二分法のジェンダー像がみられるわけではない——珠子にせよ井上さんにせよ、母親たちは娘の心情にやや無頓着のようにも思える。むしろ、娘たちの気持ちをもっとも敏感に読み取るのは、年の近い更科先生である。彼女は厳しい現実に直面して野心（「野望」とでもいうべきかもしれない）を捨てずに、常に遠い地平に目を据える。

終戦直後を扱った女性作家を網羅していないので一概には言えないが、「桜の下にて」と同様に、男性たちは戦争と深く結び付け、敗戦を自らの敗北と受け取って脱力状態に陥る人物がよく見られるのに対し、女性たちは困難のなかにあっても新時代を力強く生き抜いていこうとする、積極性あふれる人物が目立つように思う。

また、闇市が登場する文学作品では、主人公が大人または年端のいかない男性であることが多く、「桜の下にて」のように中産階級の女学生の視点から語られる作品はかなり稀だ。その意味ではもう一篇注目すべき作品がある。三枝和子の「その冬の死」[3]である。長編小説なので（しかも、三部作のなかの一冊）本書には収録できなかったが、闇市が描写されている部分だけを抜粋して引用したい。

人びとは国鉄S駅の海側のガード下沿いに、群れをなして流れていた。流れは、のろのろと続いていたが、人びとの目は、みんな少しずつ血走っていて、流れのなかには陰うつな殺気が漲っていた。

彼女は流れのなかにいた。強い力に押されて、流れに逆らって歩くことができなかった。

「一度行ってごらんなさいな。何でもあるわよ」

同室の石川高子が昂奮ぎみに教えてくれた。「お稲荷さんでしょ、焼きいもでしょ、白い御飯のお握りでしょ、蒸しパンでしょ、それにどういうわけか、進駐軍のチョコレートや煙草まで売ってるのよ」

闇市に行ってみようと思ったのは、好奇心からだった。しかし、そこに集まって来る人びとの必死の形相に怯んで、すぐに引き返そうとしたのだけれど、それができなかった。

「こら、どっち向いて歩いとるんじゃ」

「うろちょろするなっ」

怒鳴りつけられて、一層狼狽した。

「さあ、ねえちゃん、買うのか、買わんのか。いま買わなきゃ、すぐ無くなるよ」

鼻先に突きつけられたのは柔らかそうで餡こもたっぷり入っているに違いない大福だ。一個五円である。

高いのか、安いのか分らない。しかし、どんどん売れているから安いのかもしれない。買物のために持って来た小遣いは十円である。二個買うと無くなってしまう。

彼女は決断がつかないまま、何となく人の波に押し流されてその場を離れた。続いて、茹で玉子、雑炊、おでんまで売っている。おでんのにおいにつられて近寄ってはみたものの、立ち食いしている復員兵らしい数人の男を押しのける度胸がなくて、また通り過ぎた。食べものを売っているところが一番活気があって、次に衣料だ。旧軍隊のものだったらしい毛布や外套が積みあげられている。他にセーター、ショール、ズボンなど。

喧噪と濁った空気のために、彼女は次第に頭がぼんやりして来た。やっとの思いで人の波を脱けると、ひとすじ冷たい空気の流れている一角に出た。そこだけが闇市でないみたいに静かで、雨戸の上に本を並べて売っていた。


闇市という場にそぐわない、エリートの女学生の視点が興味深い。「好奇心」から闇市に初めて足を踏み入れたが、それまで闇市へ買い物に行く必要のない生活を送ってきた彼女の、恵まれた境遇が垣間見える。そんな彼女が初めて訪れる闇市は全くの異世界で、怖い場所でありながら好奇心をそそる場所でもあり、なかへと吸い込まれていく。

一九四六年に発表された「桜の下にて」は闇市の最盛期と同時代の作品である。一方、「その冬の死」は四十余年後の一九八八年に発表されたが、両作とも闇市を「荒れた新時代の象徴」として捉え

一角が残っている。また、夏にはおでんやから氷屋に変わる佐藤と千代子のように、特定の商売にこだわらず、季節によって商売を変えるのも闇市の露店のならいだった。

荷風の「にぎり飯」は、空襲から戦後の闇市ができていくまでの街の変貌、そしてそのなかを何とか生き延び、たくましく新たな生活を作っていく人たちの姿を垣間見ることができる一作として読み甲斐は十分にあろう。

坂口安吾「日月様」

闇市の出現と共にこの新時代には多様な「変身族」が姿を現すようになった。「桜の下にて」に登場する女学生・井上さんによると、変身は生きる為のやむを得ない手段だが、ほかの作品で見られるように、変身の動機は様々である。困窮に追い込まれ、生きる為に身を売って「パンパン」になった女性もおり、いわゆる「パンパン」や「オンリー」をめぐる戦後小説のみならず、彼女たちを主人公とする映画や大衆歌は戦後の一大ブームにまでなった。[6] 永井荷風の「にぎり飯」にも、パンパンが闇市に姿を現す場面があるし、以下触れる「浣腸とマリア」を含む野坂昭如の数々の作品ではパンパンが焼け跡と闇市と密接に結びついている（米軍のタバコやチョコレートや缶詰などが彼女たちの手から闇市に流れたことが多かったので当然ではあるが）。ところで、坂口安吾の「日月様」が示すように、敗戦後に身を売ったのは女性ばかりではない。

安吾のもっとも著名な小説は一九四六年に発表された「白痴」だろう。東京の場末の一角、一九四五年三月の大空襲前後に設定されるこの作品は、戦中の日本社会を痛烈に風刺する、悲惨でありながらも滑稽なアレゴリーである。戦時下では、「異常」がどれほど「正常」になっていたか、「非常識」がどれほど「常識」として通っていたか、安吾がそのように「狂った」世の中を暴露する。「日月様」の語りの現在は主に戦後だが、テーマは「白痴」と通底している。何せ、冒頭部分では語り手が精神病院に入っており、退院してから女装する闇屋の知人「王子君五郎」に対して次のセリフを吐く――

「天才だの気違いだのと云ったって、君、僕自身、精神病院で、気違いの生態を見てきたばかりだが、気違いは平凡なものですよ。非常に常識的なものです。むしろ一般の人々よりも常識にとみ、身を慎む、というのが気違い本来の性格かも知れないね。」

この一節を読んで「白痴」を連想せずにいられない――。

気違いは三十前後で、母親があり、二十五、六の女房があった。母親だけは正気の人間の部類に属している筈だという話であったが、強度のヒステリイで、配給に不服があると跣足《はだし》で町会へ乗込んでくる町内唯一の女傑であり、気違いの女房は白痴であった。ある幸多き年のこと、気違いが発心して白装束《しろしょうぞく》に身をかため四国遍路に旅立ったが、そのとき四国のどこかしらで白痴の女と意気投合し、遍路みやげに女房をつれて戻ってきた。気違いは風采堂々たる好男子であり、白痴の女房はこれも然るべき家柄の然るべき娘のような品の良さで、眼の細々とうっとうしい、瓜実顔の古風の人形か能面のような美しい顔立ちで、二人並べて眺めただけでは、美男美女、それも相当教養深遠な好一対としか見受けられない。気違いは度の強い近眼鏡をかけ、常に万巻の読書に疲れたような憂《うれ》わしげな顔をしていた。

いわゆる「安吾節全開」の一節だ。世の中の矛盾や不条理をまな板の上に載せ、ばっさりと切り開き、皮肉のスパイスをたっぷり加えて読者に提供する。作品の舞台が戦後であろうと戦中であろうと、安吾はほぼ同じ材料と料理法を用いているように思える。社会に氾濫する偽善や欺瞞に対する著者自身の憤りあるいはやるせなさを、皮肉、苦笑、または嘲笑に置き換えて表現するその手法は、太宰治や織田作之助など「無頼派」と呼ばれるほかの作家の戦後作品群にも、多かれ少なかれ見受けられる。

ところで、無頼派たちの戦後作品群を「私小説」の系譜に位置付けたがる評論家はいるが、そもそも私小説というジャンルの大きな前提は〈私〉（すなわち、著者／語り手）がきわめて誠実であることだといえよう。その誠実さ自体が作家のポーズ、または幻想にすぎないことはいうまでもないが、無頼派たちの戦後作品群では語り手をはじめとする多くの登場人物は、アルコールや麻薬中毒だったり、精神病だったりとどこか胡散臭く、「誠実さ」とはほど遠いことが多い。太宰治の「人間失格」や「貨幣」でも同じことがいえる——「人間失格」は従来の私小説の「告白物」の雰囲気を醸し出しながらも、自ら解体していく構成になっており、「貨幣」の場合は語り手が百円札なので（しかも女性の声になっている）、著者自身の「誠実な声」とは混同しようがないだろう。

安吾の「日月様」の語り手も、初めからいかがわしい人物として登場する。精神病院に入院しているのは事実だが、自分だけはほかの患者と違うのだ、と主張する一方で「あらゆる人間に犯罪者の素質があるように、あらゆる人々に狂人の素質があると考えてもよい。狂人は限度の問題だという見方もありうる」と言い張る語り手の言葉には、半信半疑にならざるを得ない。

しかも信用ならないのは語り手だけではない。王子君五郎（女装すると、「君ちゃん」に変身する）は戦中、男だと思っていたら、戦後になってから女装するようになるし、後で明らかになるのだが、いかにも誠実そうな顔をしながら大嘘をつくこともある。だから、君五郎／君ちゃんが「実は、なんですよ。これも、世を渡る手なんです。私は、例の、男娼じゃアありません」という自己弁護も、あまり信用ならない（ましてや、「実は」から始まるセリフはとくに疑わしいからなおさらだろう）。しまいに、君五郎が麻薬売買の闇屋として逮捕されてしまうことによって、彼／彼女のさらなる隠蔽された一面が浮上し、ますます信頼性が失われるところでこの物語が幕を閉じる。

いったい何を、誰を、信じたらよいのか。「生きる為」なら、つまり「世を渡る」ためなら、はたして「あらゆる人間に犯罪者の素質」が頭角を現すだろうか。これは、闇市全盛の時代を描く文学作品に、常に付きまとう疑問である。それまでに旋盤工だった王子君五郎は、戦後になってから自称「片棒の闇屋」になり、女装し始め、麻薬売買にも手を染めるようになる。それは本当に「世を渡る」ためだったのか。彼は必要に駆られて変身したのか。それとも、戦後の混乱期と体制の崩壊がきっかけでようやく「本心／本来の自分」を表すことができたのか。闇市という〈新時代〉は、数々の変化と変身を引き起こし、同時に様々な可能性を生み出したことだけは確かである。

野坂昭如「浣腸とマリア」

日本の小説家のなかで野坂昭如ほど闇市にこだわる作家はいない。直木賞受賞の際、「焼跡闇市派」と自称したことはあまりにも有名だ。しかし、野坂の小説のみならず、エッセイや対談などを概観すると、闇市そのものに対する言及は案外少ないことに気づく。むしろ、野坂にとって〈焼跡〉と〈闇市〉はそれぞれ独立した現象というより、ひとつの〈対〉をなすものであり、〈敗戦〉から〈戦後〉という新時代への流れを集約し、象徴するものなのである。上記の「焼跡闇市」は野坂の造語だといえる——普通ならば中黒や句点などで二つに分けるようなところを一語で記している。この「焼跡闇市」という書き方には野坂の美意識のみならず、彼の複雑な歴史観が反映されている。

野坂にとって〈戦後〉というのはあくまでも空襲と敗戦につながっており、しかもアメリカ占領および高度成長期を経て一九六四年の東京オリンピック後の「復興済み」の日本社会に至るまで、すべての「時代」を包括していると受け取るべきだと思う。一方では、戦後において戦中社会に対する様々な解体や転覆現象がみられ、その意味では確かに戦前および戦中の時代とは〈断絶〉を成しているが、他方では〈戦中〉と〈戦後〉（そして六十年代半ばの「浣腸とマリア」の〈現在〉も）まぎれもない連続性のなかにある、と野坂が主張しているように思われる。

ずいぶん理屈っぽい言い方かもしれないが、野坂自身にとってこれはけっして抽象論ではなく、日々に痛感する現実そのものであるらしい——焼跡も闇市も新時代を象徴しながらも、決して「象徴」だけに収斂できないわけである。本人いわく、

ふつうなら上昇するにしろ下降にしろ、連続するはずの生活が、まず空襲焼跡闇市でもって絶ちきられ、つぎにまた突然ひっくりかえり、だから、単純に記憶だけをとり上げてみても、昭和二十年から二十三年にいたる間のことは、純粋に固定されていて、他の人なら、埋没されてしまうだろうことこまかなものまで、ぼくには明らかに残っている。空襲を、地震や火事、台風と同じように、一つの出来事としては、整理できないし、闇市の怒号を、戦後の混乱あらわすエピソードとしては考えられぬ。今のぼく自身をつくりあげたものはすべて、空襲焼跡闇市にあって、

ており、年巨はほとんど金を取らないものの男娼になりつつあるだけに奇妙な設定だといわなければならない。

さて、年巨と母親との久々の再会は、厳密にいえば近親相姦に至るのだが、その場面の描き方はけっして生々しいものではない。むしろ、父親に対して抱きつづけてきた理想像が幻滅するその瞬間、年巨は途方に暮れて逃亡しようとし、竹代が抱きしめて引き留める。


「ウソや、お父ちゃんは男らしい人で、照国丸の機関士や、そんな男とちゃうが」

まだ、声がわりのせぬ年巨の声がきんきんと部屋の壁につきささり、年巨は逃げるように後じさりした。


年巨は父に対する幻想を失うことで、頼りにしていた唯一の人が突如奪われてしまったような心境だろう——祖母も死に、もともと兄弟もなく、信頼できる友だちもいない少年にとって、その時点で頼れるのは再会したばかりの母のみとなる。

最後の場面では年巨が母体回帰を果たすことによって、差し迫ってきた喪失感を一時忘却でき、また落ちぶれた竹代が、ほんのひととき、聖母「マリア」になる。この瞬間、焼跡も闇市も、戦争のもたらしたすべての喪失が消えてしまい、残るのは真の母子のみである。

解放区

終戦直後、都会の住民にとって闇市はほとんど必要不可欠であり、闇物資を一切拒否して生活に挑むことは命がけの決意に等しかった（その決意を徹底的に実行したため、栄養失調で死亡した山口良忠裁判官の話は有名）。それまで商売とは無縁の素人だった闇市参加者のなかには、そのような商売をしなければならないことを悔しく思った人もいたのは当然だが、闇市に参入することによって、意外に解放感を味わった人たちもいたようである。この最終項では、闇市を一種の「解放区」として描いている作品、または闇屋になることで解放感を覚えた人物を描いた作品を取り上げたい。

早くから闇市を「解放区」と捉えていたジャーナリスト猪野健治は、次のように説明している。

闇市においては、国籍、階級、身分、出身、学歴等は一切問われなかった。華族も、ヤクザも、軍人も、被差別窮民も、解放国民も同格であり、路上に一枚のゴザを敷いて、貧しい品物を売るところから出発した。新宿の安田組の親分、安田朝信は、その自伝に、〝ある宮さま〟のために「ショバを割ってやった」と書いている。身分制の呪縛と差別の長い歴史をもつ日本において、これは画期的なできごとだった。

既存の価値観、秩序、法律、思想をのり超えた地平に闇市は出現した。闇市こそは日本の民族がはじめて体験した解放区であった。[7]

猪野が言う「解放区」の参入者とは、戦前から敗戦に至り、日本の植民地支配や軍事占領下におかれていた朝鮮人、台湾人、そして中国人といういわゆる「第三国人」[8]に加え、社会の低層に封じ込められていた日本国民を指しているようである。猪野の上記の「解放区説」は当時の実態を多少誇張し美化しているきらいもありそうだが、確かに戦前戦中の社会（そして戦後の高度成長期以降の日本社会）に比べ、戦後の闇市では異例の「平等主義」が際立ったといえる。

戦前戦中の体制が崩れ、それまでの社会秩序が揺らいだゆえに、長年にわたり弾圧されつづけてきた人々が闇市で勢力を発揮し、経済的成功と社会への進出の基盤を築いたという例はめずらしくないが、以下、〈解放区〉の意味をさらに拡大した上で織田作之助の「訪問客」、梅崎春生の「蜆」、石川淳の「野ざらし」、そして中里恒子の「蝶々」を取り上げたい。戦前戦中に社会から圧力をかけられていたのは、猪野があげるような人びとに留まらない。「訪問客」では作家志望の男性、「蜆」では品行方正だった会社員、「野ざらし」では初恋する一人娘、そして「蝶々」ではかつての長官婦人が、それぞれ闇市に参入することによって何らかの解放感を味わっている。逆の見方をすれば、これらの作品を通して、戦前戦中から目に見えない形で人を束縛していたものが何であったのか、浮き彫りになる。

ただし、本人がそれを〈解放〉と受け止めていたとしても、世間一般から見れば闇屋稼業に手を染めることは、〈堕落〉だと見なされていた。

織田作之助「訪問客」

「訪問客」では闇市は〈場〉として一度も出現しない。それどころか、一場面を除けばこの物語は主人公の自宅内で展開される。三者三様の「闇屋」が、別々に小説家の十吉の家に立ち寄り、彼にとって最大の必需品であるタバコをはじめ、闇物資をそれぞれの価格で売ろう（または無理やりに売りつけよう）とするのだから、普通の意味での「訪問客」からはほど遠い。皮肉を込めての、この題名なのだろう。

この作品はやや特異な構成になっている。まず、訪れてくる三人の闇屋は互いに遭遇することはない——家門君代は第一部、関口秋男は第二部、そして野々宮ハツは第三部、別々に登場する。しかも、各物語が独立して展開するため、作品全体としての時間の流れが曖昧で、三つの物語の繋がりをどのように捉えたらよいか、迷うところである。単に、三人の違う闇屋の個人差、そして十吉との関係を比較しながら味わったらよいのだろうか。あるいは、目につきにくい点でこの三つの物語が繋がっているのだろうか。

三人とも戦争末期から十吉の家に現れはじめるが、関口秋男と野々宮ハツは敗戦後も登場するのに、最も頻繁に訪れ、しかも十吉と親しげに会話を交わす君代が登場する第一部では、終戦や戦後社会に関連する言及が見当たらない。君代が戦中から顔を出し始めたことは、「女子徴用令に引っかかって、会社勤めをしている君代は、日曜日にやって来た」という一節や、「煙草が一日三本の配給になっても」などの一節からも察知できる。「女子徴用令」は一九四四年八月に公布された「女子挺身勤労令」のことだと推測されるし、タバコの配給が一日三本になったのは一九四五年八月の終戦直前だったからである。それでも、彼女をめぐる話は終戦をむかえずに終わっているようだ。

彼女が戦後いったいどのような生活を送ったか好奇心が湧いてくるが、なぜか著者はそれに応えようとしない。対照的に、秋男の戦後における変身ぶりは鮮やかに描かれている。彼にとって敗戦はまさに〈解放〉そのものを意味するといえよう。ただし秋男の場合は、社会的抑圧からの〈解放〉というよりも、敗戦前まで自分で自分に抱いていた幻想（すなわち、小説家の素養があるという思い込み）からの〈解放〉であり、それを捨てることによって「自分らしく」生きる道を見出すことができたわけである。

敗戦がもたらした社会の混乱および生活の困窮に追われ、この新たな現実に追われる途中で無用な気取りや自負、そして到達できそうにない野望などすべてから脱皮し、いっそう自分らしく自然にふるまう気楽さを発見する。これは「訪問客」の秋男だけをめぐる課題ではけっしてない。「蜆」や

「蝶々」など、闇市が登場する様々な作品でもよく見受けられる課題であり、強いていえば終戦直後の文学の中心的なテーマのひとつでもある。このテーマに取組むとき、非常に困難な問題が付随する。すなわち、本当の「解放」とは何なのか。そして、一皮を脱皮しての「自己回帰」という場合の「自己」とはどこに見いだすべきなのか。

個人の「アイデンティティ」というものを、常に創出されつづける多面的なものだと理解したら「本当の自分」という概念が成り立たなくなる。しかし、そのように捉えたほうが、この一連の闇市をめぐる物語をより深く受け止められるのではないかと思う。というのは、戦前の立場はどうであれ、敗戦となってはほとんどの人は厳しい生活を強いられ、それまでには考えもしなかった選択を迫られた。一方では、関口秋男はこの新時代に積極的に対応しようと割り切り、一種の変身を遂げることにより、生活が楽になるのみならず、自分への幻想で自縄自縛の状況から〈解放〉されることになる。他方では、野々宮ハツは戦中も戦後もどうもがいても苦しい日々から脱却できそうにない。この訪問客には〈解放〉は永遠に訪れそうにない。

関口秋男と野々宮ハツという二人の対照的な例があるからこそ、「訪問客」を読了してから家門君代の戦後の行方がどうしても気になる。秋男のように大きな変身を遂げたのか、執拗に十吉に迫り続けているのか、それ以前に戦時下を生き延びることができたのか。いずれにせよ、闇市――そして戦後時代――が必ずしも〈解放区〉を象徴していたとはいえず、自由と利益を手にした人がいた一方で、一層困窮していった人もいたのである。

梅崎春生「蜆」

織田作之助の「訪問客」と同様に、梅崎春生の「蜆《しじみ》」は軽快な語り口と皮肉が飛び交う対話が際立つ作品である。だが、「蜆」のほうが構想が丁寧であるように思える（あえてこの作品の問題点を挙げるなら、主人公と相手の男が何度も東京のあちらこちらでばったり会うという「偶然」が重なることである）。

ともあれ、両作品で見逃せないのは軽快な語り口のユーモアに満ちた会話の合間から、「食うか食われるか」という戦後社会の過酷な現実が姿を現すことである。「訪問客」では、それが野々宮ハツの哀れな姿に具現され、「蜆」では満員電車から「あの善良な義侠心あふるるおっさんが、あれほどの努力の後」押し出されて死んでしまった（であろう）場面に象徴される。彼は男の外套のボタン一個をつかみながら落ちてゆく悲惨な最期を迎える。おまけに、落ちたことに対し「あの女は（おっさんに代って貰ったあの娘だ）キイキイという金属的な笑い声を立てて笑いこけたのだ」。そして男はおっさんの足の間に挟まれていたリュックを持って帰り、それが後に闇屋に変身するきっかけのひとつとなる。

さて、「蜆」の出だしに注目しよう。というのは、この冒頭部分に作品全体がもつ気配が最も濃く出ているし、主要なテーマも暗示されているように思えるからである。そのテーマとは、〈見る／見ない〉ということである。むろん、ここでの〈見る〉とは、〈知る〉〈知覚する〉〈認識する〉などの意味と、終戦という新たな現実を〈直視する〉意味も含む。著者自身どの程度このテーマを意識したのかは分からないが、以下〈見る／見ない〉に重点をおきながら作品を考えてみたい。

まず、題名「蜆」の漢字のなかに「見」という字があることは偶然だとしても、何だか気にかかる。というのは、作品の冒頭で主人公が省線電車のなかで男と出会う瞬間、自分は目をつむっており、しばらく開けないまま会話を交わしつづけながら聴覚、臭覚、そして触覚を通してその場で知覚する様子が記述される。この物語は相手を〈見ない〉で交流する場面から始まり、相手の男も作品の前半を通して自分の「本心」を自覚していない、自分自身が「見えない」人間として描かれている。

男は自分がごくまじめな善人だと自負しており、それを証明するかのように、寒がっている主人公に大事な外套を惜しまずに「やる」。理由を尋ねられたら「だってお前は寒いのだろう」と言い、「俺は人から貰う側よりやる方になりたいと思う。そう自分に言い聞かしているんだ」と、付け加える。だが、「貰う」に対して「やる」――あえて「あげる」とは言わない――という表現にも反映されるように、男のうぬぼれと錯覚が垣間見える。

男がようやく「開眼」し偽物の皮を剥ぐきっかけは、以前主人公に「やった」外套を剥ぎ取り返す行為に始まり、電車から押し出されるおっさんの死を身近に目撃する体験を経て、ふと悟ったかのごとく「一層のこと闇屋にでもなったろか」とつぶやく瞬間に至るまでの一連の出来事に由来するようである。

男は、自覚したことを次のようにまとめる——

おぼろげながら今摑めて来たのだ。俺が今まで赴こうと努めて来た善が、すべて偽物であったことを。喜びを伴わぬ善はありはしない。それは擬体だ。悪だ。日本は敗れたんだ。こんな狭い地帯にこんな沢山の人が生きなければならない。リュックの蜆だ。満員電車だ。日本人の幸福の総量は極限されてんだ。一人が幸福になれば、その量だけ誰かが不幸になっているのだ。丁度おっさんが落ちたために残った俺達にゆとりができたようなものだ。俺達は自分の幸福を願うより、他人の不幸を希うべきなのだ。ありもしない幸福を探すより、先ず身近な人を不幸に突き落すのだ。

しかし、男の心境の変化をいったいどのように受け止めたらよいだろうか。答えによって、この作品全体の主旨が大きく変わるはずである。男は本当に、そこまでシニカルになってしまったのだろうか。もし、そうだとしたら、彼の「自覚」——つまり、それまでの偽善を逸脱し始めていること——は喜ばしい進歩として受け止めるべきだろうか。それとも、闇屋に「落ちた」と同様に、これは彼の人間としての堕落を表しているのだろうか。

おそらく彼はいまだに善良な人間になろうという希望を捨てきれないでいる。なぜなら、上記の発言の直前には「あのおっさんはどんな家庭を持っているのだろう。どんな女房や子供を持ち、どんな家に住んでいるのだろう。あんな気紛れな義侠心を起した代償に彼が得たものは、ひとつの外套の釦と、それと非業の死だ」と言い、まるで死んだおっさんの亡霊に悩まされているように見える。後で変な「プチプチという幽かな音」が聞こえ、しばらくして、それは蜆の鳴いている音だと気づく。「それは淋しい声だった。気も滅入るような陰気な音だった」という。非業の死を憂う挽歌のようにでも聞こえたのだろうか。

闇屋になった男は、同じく戦後に闇屋に転じた「訪問客」の関口秋男に比べ、曖昧で複雑な感情を持つ人物として描かれている。ふたりとも、それまでに抱いていた（自分に対する）幻想を脱却し、開き直ったゆえに闇屋に変身するが、関口秋男は明るくて健全な闇屋のように映るのに、もうひとりの男はこれからも、当分、蜆の悲しい鳴き声を聞き続けなければならないだろう。

敗戦がもたらした数々の大変化、そのなかでいったいどのように生き抜いていくべきか。これは終戦後の日本文学の根底に流れている切実な問いである。それまでに戦争の正義を信じ、戦力に全面協力した国民のなかには、敗戦になると自分には見る目がなかった、と反省を促された人は少なからずいたのだろう。政府に対しても、社会に対しても、そして自分自身に対しても全く盲目だった、と。しかし、次に取り上げる石川淳の「野ざらし」のように、戦争が終わってからもなお、幻想を見続ける者もあった。

石川淳「野ざらし」

石川淳の終戦直後の作品を読むと、とりわけ文体の独自性が目に留まる。闇市を扱った文学作品として最も著名な「焼跡のイエス」（一九四六年）もそうだが、「野ざらし」も例外にもれず、冒頭から闇市（と思われる）一軒の店の記述が途切れることなく延々と続く。

　この冒頭の段落には、読点が多く使われるものの句点は二つしかない。しかも最後の一行はけっして長い文章ではないので、最初の文章がほぼ一段落におよぶ長さであるということになる。これを読んですぐに野坂昭如の文体――「浣腸とマリア」の翌年に発表された「アメリカひじき」や「火垂るの墓」が好例だが――を連想する読者は少なくないだろう。日本文学研究者の島村輝がすでに石川の「焼跡のイエス」と野坂の「火垂るの墓」を中心に、二人の文体の特徴を比較考察しているので、ここでは詳述する必要はないが、さらに留意したい相違点がある。[9] 各自の文体の「質」をどう評価するかという問題はさておき、石川よりも野坂の方が同じ長い文章のなかに多声・多視点を盛り込む傾向があるという点である。ワンセンテンスのなかに多様な世界が混在しているため、読者はアナーキーな印象さえ受けることがある。

さて、「野ざらし」に話を戻そう。冒頭からつづく長い文章も目を引くが、八百屋の建物の鮮やかな記述も際立つ。「闇市」と明記していないものの、主人公「民三」の店は明らかに闇商品を主に売っており、描かれる掘立小屋の「店」が闇市建物の特徴を多く含んでいることも目に付く。この作品の一語目の「トタン屋根」だが、トタンこそ闇市の代表的な建築材であり、次に出てくる「羽目板」も同様に、よく使われた素材である。そして、「ごくざつな作り」という表現にも留意したい。というのは、作りが「雑」になっている背景には、終戦直後の闇市の成り立ちの歴史を垣間見ることができるからである。その後に続く「このへん兵火はまぬかれたが、疎開跡の空地をねらって負いくさのどさくさまぎれにわらわらと立てこんだあやしき賤の小屋掛……（中略）」に示されるのは、土地の確保は早い者勝ちだった場合が多く、また商いをやろうとする本人が屋台や掘っ建て小屋をさっさとこしらえ開業する例がめずらしくなかったという事実だ。これもまた、前述の通りである。

「野ざらし」の八百屋で普通の闇市で見られる建物と異なるのは、店の構造であろう――ただの一軒の極小の掘っ建て小屋には四つの店で別々の入り口が備えており、しかもどの店も民三の持ち物になっている（一か所だけは後に演芸場にするため開店しておらず、誰にも貸していない）。日中には八百屋と雑貨店を兼ねた文房具屋を営み、夕暮れになると二軒とも閉めてスタンドバーがひそかに開かれる具合である。三つの商売が成り立つのは、酒におぼれたり、客と喋りこんだり、空想にふけったりしている民三のおかげではけっしてない。一人娘「道子」の努力ゆえである。

しかし、店がいくら繁盛していようと、民三も道子もそれだけでは満たされない。民三いわく「自分は八百民として更生したが、しかし八百屋を天職とはおもっておらん。店の仕事はすべて娘にまかせてある。自分の天職は別にある。（中略）自分は紙芝居をもって文化運動の第一歩とする」、と。道子のほうは絵描きになる夢を見ており、駆け落ちが決まったとき、詩人になる夢を見ている（無才と思われる）相手の男に「これでやっと自分を解放することができるわ」という。

けっきょく、「八百民」と呼ばれている民三も、「娘八百屋で名が通っている」という道子も、商売人の平凡な身分からの解放を求めているようでありながら、その〈解放〉を可能にしているのは闇商売から得た利益にほかならない。

また、常に自分の世界にどっぷり浸かっている民三は、自らが演出する紙芝居の（娘が書いた）セリフと絵の意味を全く把握せずにいる。「お金が無いよう。道子がいなくなったよう。お金がなくなったよう」とわめく妻の声もいっこう耳に入らず、道子を探しに来た若い写真家に自分の写真を撮るようにしつこく頼み、「写真が撮れたら一杯のもう。きょうは大当りで幸先がよかった」と相変わらず無自覚の態で終わる。

ところが、この家庭では現実が見据えられないのは、民三ばかりではない。金しか頭にない母親も、娘の心情に無関心かつ無頓着のように映り、母の目を盗んで店の貯金をどっさり持って駆け落ちするという道子も、しばらくは甘い夢を追いかけられるかもしれないが、厳しい現実が差し迫るのは時間の問題だろう。彼女も駆け落ちする男も、開眼する前の関口秋男のごとく、無理な夢をかかえており、自覚もなければ駆け落ちした相手を見据えているとも思えない。無自覚でいる意味では、道子は案外に父親の民三によく似ているかもしれない。ふたりが味わっている「解放感」はほんの一時のものにすぎないだろう。

中里恒子「蝶々」

本書の作品群のなかで、作品全体として闇市をまっすぐに〈解放〉と結び付けているのは、中里恒子の「蝶々」だけだろう。主人公の薩摩富久子は戦中、海軍長官の夫人だった。日本海軍の長官といえば「海軍大臣」「軍令部総長」「連合艦隊司令長官」の三長官をいうわけで、人物を特定しやすい。この小説にはモデルがあるのだろうか。いずれにしても社会的地位は非常に高く、夫の部下からも周囲の奥さんたちからも一目おかれていたのだが、敗戦とともに彼女の世界はひっくり返った。夫は野心も尊厳も失い、すっかりおとなしくなって自宅に引きこもるようになった。だから、彼女は「仕様がない、こうなったら、もうあなたは使い途がなくなりましたね、あたくしが世間へ出ることにしますからね、一切口出しをなさらないで下さいまし」と伝え、それまでの家庭内の権力関係が一気に逆転してしまう。そして、夫の部下だった少佐と一緒に闇市でやきとり屋の屋台を始める。

い社会層を成していたかもくっきりと浮かび上がる。さらに、闇市は戦後に突然変異種のように出現した現象ではなく、戦中から物資統制への対応として闇売買が行われていたことも「裸の捕虜」や「訪問客」などで確認できる。戦後の闇市においても、闇市とは必ずしも〈市場《イチバ》〉を指すばかりでなく、特定の場所をもたない闇売買の市場《シジョウ》の側面も数篇の作品で窺える。そして物資のほかに日本円もドルも流通し、闇屋自身も千差万別であったことが鮮明に描かれている。

　この十一篇の作品を読み終えてから「闇市とは何か」を改めて考えてみると、答えがどれほど複雑かを痛感せずにいられない。けっきょく特定の「答え」のようなものはなく、闇市とはきわめて多面的な現象であることが浮き彫りになるばかりなのである。著者と作品によって強調される闇市の表情は大きく異なり、捉え方もずいぶん変わる。闇市は〈場所〉であるばかりでなく、さらに目に見えない〈市場《シジョウ》〉であり、〈新時代〉であり、そして〈解放区〉という新たな可能性を生み出す新しい社会でもある。本書に収録されている作品群を捉えるために、これら三つの側面を切り口にしてみたが、ほかにも多くの側面を見出せるはずだ。

　終戦後に闇市とかかわるようになり、大きな変身を遂げたという人物がこの作品群によく登場する。その変身ぶりをいわば〈解放〉と見なすべきか、〈堕落〉と見なすべきか、あるいはどちらでもないと考えるべきかは、作品および読者各自の感性によって異なるだろう。ただし、確かにいえるのは、闇市という混沌としたエネルギー溢れる異空間に接することによって社会が急に広がったように見え、価値観を大幅に変えた人が少なからずいたということである。おずおずと闇市に足を踏み入れる無邪気な女学生、女装と麻薬売買を始める元旋盤工、善良な会社員から闇屋に「落ちぶれる」男、小説家になる夢を捨ててすがすがしい闇屋に転じる青年、マーケットでやきとり屋を始める元長官夫人。闇市が具現する〈戦後〉という新しい時代には、多くの苦悩とともに新たな可能性が生まれたのである。

その新たな可能性のなかに、新しい文学表現が生み出されたことも見逃せない。本書に収録されている作品群は三篇を除けば一九四六年から一九四九年という短い期間に発表され、しかもすべてが闇市を取り扱っているという共通点はあるが、各作品の構想や文体、そして行間から垣間見える著者自身の世界観も、かなり多様性に富んでいる。各作品に別の味わいがあり、全てを通して読むと〈闇市〉や〈戦後社会〉のみならず〈戦後文学〉全体を捉えなおすきっかけを与えてくれると思う。

焼け跡に闇市が現れ始めてから七〇年。当時の日々を生き抜いた人々は、どのような日常を送り、どのような悩みと希望を抱き、そしてどのような将来を切り開いていったのか。本書は、ここに収録した一連の虚構の物語の排列によって、その疑問に多少なりとも答えようとするものである。

初出一覧

「貨幣」　「婦人朝日」第一巻第一号　一九四六年二月
「軍事法廷」　「別冊 文藝春秋」三十八号　一九五四年二月
「裸の捕虜」　「農民文学」一〇二号　一九七一年十一月
「桜の下にて」　「新女苑」第十巻七号　一九四六年七月
「にぎり飯」　「中央公論」第六十四年新年号　一九四九年一月
「日月様」　「オール讀物」第四巻第七号　一九四九年七月
「浣腸とマリア」　「小説現代」第三巻第七号　一九六五年七月
「訪問客」　「時局情報」十年三号　一九四六年三月
「蜆」　「文学会議」第三号　一九四七年十二月
「野ざらし」　「文藝春秋」第二十六巻第三号　一九四八年三月
「蝶々」　「別冊 小説新潮」第三巻第十二号　一九四九年十月

初出一覧

本書は、右記の初出原稿を底本としました。

各作品とも新字新仮名表記にあらため、難読と思われる語にふりがなを加えました。

本文中、今日では差別表現につながりかねない表記がありますが、作品が書かれた時代背景、作品の文学性と芸術性、および著者が差別的意図で使用していないことなどを考慮し、底本のままといたしました。


本書中、一部に著作権継承者が確認できない作品があります。お心当りの方は弊社編集部までご連絡下さい。

マイク・モラスキー　Michael S. Molasky

1956年米国セントルイス市生まれ。1976年に初来日し、のべ20数年日本滞在。シカゴ大学大学院東アジア言語文明学研究科博士課程修了（日本文学で博士号）。ミネソタ大学、一橋大学教授を歴任。2013年秋学期より早稲田大学国際学術院教授。日本の戦後文化や都市空間を通じて、現代日本社会を捉えなおす講義を担当。

日本語の著書に、『戦後日本のジャズ文化』（青土社、2005年、サントリー学芸賞受賞）、『占領の記憶／記憶の占領』（鈴木直子訳、青土社、2006年）、『その言葉、異議あり！―笑える日米文化批評集』（中公新書ラクレ、2007年）、『ジャズ喫茶論』（筑摩書房、2010年）、共編著『ニュー・ジャズ・スタディーズ』（アルテスパブリシング、2010年）、『呑めば、都』（筑摩書房、2012年）、『ひとり歩き』（幻戯書房、2013年）、『日本の居酒屋文化―赤提灯の魅力を探る』（光文社新書、2014年）がある。

ジャズピアニストとしても日本のライブハウスで演奏。2010年にピアノ・ソロCD〈Dr. U-Turn〉（STUDIO SONGS /BAJ Records）を発表。ピアノ・トリオのライブCD「Mike Molasky Trio―Live! Back at Aketa !」（アケタズ・ディスク）もある。

趣味は将棋、尺八、太極拳、落語鑑賞、そして路地裏の赤提灯探索。

本人曰く「このジジイ臭い趣味群では、ぐんぐん高齢化する日本社会にもいくらでも適応できるだろう」。

シリーズ 紙礫 1　**闇市**

2015年9月10日　初版発行
定価　1,700円＋税

編　者　マイク・モラスキー
発行所　株式会社 **皓星社**
発行者　藤巻修一
〒166-0004　東京都杉並区阿佐谷南 1-14-5
電話：03-5306-2088　FAX：03-5306-4125
URL http://www.libro-koseisha.co.jp/
E-mail：info@libro-koseisha.co.jp
郵便振替　00130-6-24639

装幀　藤巻 亮一
印刷・製本　精文堂印刷株式会社

ISBN978-4-7744-0605-3 C0095